幸福密码

陈艾嘉 著

长江文艺出版社

图书在版编目（CIP）数据

幸福密码 / 陈艾嘉著. -- 武汉：长江文艺出版社，2023.6
　　ISBN 978-7-5702-3059-4

　　Ⅰ.①幸… Ⅱ.①陈… Ⅲ.①散文集－中国－当代 Ⅳ.①I267

中国国家版本馆 CIP 数据核字(2023)第 071894 号

幸福密码
XINGFU MIMA

责任编辑：梅若冰　姜　晶	责任校对：毛季慧
封面设计：郭婧婧	责任印制：邱　莉　杨　帆
特约编辑：王　雯　张紫依	

出版：长江出版传媒　长江文艺出版社
地址：武汉市雄楚大街 268 号　　　邮编：430070
发行：长江文艺出版社
http://www.cjlap.com
印刷：武汉中科兴业印务有限公司

开本：880 毫米×1230 毫米	1/32	印张：7	插页：1 页
版次：2023 年 6 月第 1 版		2023 年 6 月第 1 次印刷	
字数：156 千字			

定价：58.00 元

版权所有，盗版必究（举报电话：027—87679308　87679310）
（图书出现印装问题，本社负责调换）

序 1

接到《幸福密码》的书稿,既惊喜,又感动。

惊喜的是,艾嘉的每一次华丽转身,都会开辟出一片新天地——包括她转型从事家庭教育,关注女性的幸福,关注青少年的心理健康,都做得风生水起。感动的是,她在自序中,以自己的人生经历为例,真挚坦诚地现身说法,来讲述一个狮子座的女性,如何找到属于自己的幸福密码。

认识艾嘉,是在她事业的高峰期。那时,她名下的文化传媒和贸易事业,都发展得很好。艾嘉的为人,与她做事的风格一样,真诚,大气,讲究品格,细致周到。一个成功的企业家,是会有前瞻意识的。那个时候,她就在考虑转型,其中,就包括了家庭教育。我想,这和艾嘉的女性角色与母亲角色有关,与她切身的经历与感悟有关。在中国,女性完全可以说是"撑起了家庭和社会的半边天";在家中,女性是女儿、妻子、母亲,是家庭的组织者和支撑者;在单位,女性是员工、领导、创业者,是社会的贡献者和推动者。随着时代发展,女性被赋予了如此多元的身份,但是,因为一些客观因素的影响,女性的地位与生命价值仍然被极大地窄化与低估，甚至大部分人对女性幸福的认识仍局限于家庭范畴。于是，女性的幸福是被定位的，女性的幸福与价值其实是被男权社会所圈定的。但是，女性除了和男性一样，承担着生活与职场的同等压力，还要承担所有的家务与养儿育女、赡养老人的压力，以及女性独有的生理变化的压力。在这样的三重压力下，一代又一代的女性，从青春花季，到白发苍苍，从被动地服从，到愤懑、焦虑、无奈、麻木，以至习惯地接受命运。这些似乎与个人的幸福无缘。或者，只能接受世俗给女性定义的"幸福"：举案齐眉，相夫教子。

但是，时代毕竟从农耕时代发展到信息化时代了，女性已经和男性一样，共同肩负着时代的使命了。于是，女性社会身份的变化，与世俗的幸福观之间，形成了强烈而巨大的冲突。无数受过现代化教育的女性，不想再被禁锢在传统的女性幸福观的定位上。有些女性宁愿不要家庭，不要孩子，也要维护自己的自尊与自由。于是，作为社会稳定的基石的家庭，以及人口的繁衍，又受到了无形的削弱。如何改变这样的现状，如何破解这样的困局，便是一个摆在我们面前的严峻的时代课题。

艾嘉向家庭教育以及向女性幸福观探索的转型，便是在这样的时代背景下产生的。她的事业转型，与其说是偶然的、个案的，不如说是必然的、共性的。她的转型，就是一个当代女性追求新的幸福观、价值观的典型表现。在《幸福密码》这本书中，艾嘉不仅展示了她的率直与真诚，而且以大量的实例与数据，以自己的社会实践，对女性的幸福观的方方面面，进行了学术化的总结与阐述。既有理论的高度，学术的深度，又有可供操作的实践性。从全书的架构看来，艾嘉已经有了建立一套有特色有个性，同时具有理论体系的教科书式的构想，并且，已经开始了努力。这本书，便是她前进的第一个重要的路标。

除此以外，我觉得《幸福密码》不是专为女性读者而写的，而男性读者也可以好好看看。作为社会细胞的家庭，是由男人与女人，夫妻双方组成的。如何处理好家庭关系，处理好夫妻之间的关系，是一个结构性的问题，是夫妻双方都不能回避的问题。在一个家庭中，任何一方的居高临下与强势，久而久之，都会造成家庭幸福的小船说翻就翻。因此，家庭幸福的密码，女性与男性幸福的密码，由此涉及孩子幸福的密码，其实都掌握在夫妻双方的手中。换一句话说，在一个家庭中，如果丈夫依然秉承传统的大男子主义的家庭观与幸福观，那么，女性即使心态调整得再好，从整体来看，从长远发展来看，这个家庭都很难获得发自内心的幸福。

因此，在我看来，艾嘉还有很多的事要做，《幸福密码》还有很长的路需要走下去。我们最根本的是从孩子抓起，让孩子们从小就树立男女平等的性别观以及相互尊重的现代价值观。一个家庭的幸福，一个人的幸福，与他人的幸福，尤其是亲人之间彼此理解、彼此关怀的幸福，密切相关。任何一种企图凌驾于对方之上的强势，不论是男性还是女性，都是与家庭的幸福甚至是个人的幸福无缘的、有害的。而所谓的过分强势，绝不是强大，而是一种性格与心理的扭曲与变态。这样的具有暴力倾向的强势，永远是幸福的敌人。

最后，祝贺艾嘉的新著出版，并祝她在探讨追求幸福的路上,坚强而又有韧性地走下去。为他人的幸福而追求献身者,是幸福的。在这个意义上,艾嘉是幸福的。

董宏猷

著名儿童文学作家

原武汉市全民阅读促进会会长

序 2

认识艾嘉差不多有 20 年，虽则没有过"形影不离"深度交集的时日，却是朋友圈重合相当多，且人格、人品、人生价值观和为人处世理念有颇多相同的人，也都是特别爱折腾的一类人，因而彼此认同度较高，在网络上也经常联系，是那种虽经年不见，却情分不减的朋友。

宏猷兄比我了解艾嘉，他的评价我非常赞同，艾嘉的为人，与她做事的风格一样，真诚，大气，讲究品格，细致周到。

看到艾嘉的书稿，我惊诧有三：

一是艾嘉本完全可以靠颜值吃饭，她却偏偏选择靠个人专业能力在事业上进行拼搏。

二是惊诧她的拼搏及其成就，她做媒体人时的执着与认真，所获成就似其颜值般的光彩照人；后来，又出来自己搞企业，做得风生水起；再后来，居然做起教育以及与女性幸福相关的咨询与培训。每一次华丽转身都相当成功。说实话，她的成功我倒不特别惊诧，我比较惊诧的是她的一而再，再而三的折腾与拼搏劲。

三是惊诧她的幸福观与她幸福观的落地执行。她在本书序言中虽则只有一句话提及家人,但感觉得到她满满的幸福和对先生及家人的深深眷爱。

艾嘉不当专家,不坐而论道,不端着架子训人,艾嘉的书讲故事,讲道理,跟你谈心似的,一如记者要"好记者讲好故事",她用故事讲清了道理,在娓娓道来中让人愿意看,愿意听。

比如她讲幸福观,从一个培训现场的小组发言写起:去年的这个时候,我在一个电商企业做培训,培训的主题是如何获得职场幸福,分小组讨论什么是幸福。其中一个小组代表发言,是一位"90后"的女员工,她说:最大的幸福是每天不用工作,有钱花,有手机,有Wi-Fi。她说完,顿时下面都开始鼓掌,很多员工表示这是最大的幸福……由此延伸,引经据典,说得生动鲜活令人信服。

艾嘉的书善于把人所共知共识的知识和东西,用来喻指那些深奥的理论和道理。比如写"创造快乐的神经"这个章节,她居然用了如下这些知识:

"多巴胺:这种脑内神经递质主要负责大脑的情绪,跟愉悦和满足感有关,当我们经历新鲜、刺激或具有挑战性的事情时,大脑中就会分泌多巴胺,在多巴胺的作用下,我们感觉爱的幸福。

"血清素:血清素又称五羟色胺,是人体中一种非常重要的神经递质。它可以帮助我们解除焦虑,使情绪平静,安定下来,让我们放松心情。

"催产素:催产素又被称为'拥抱激素',在日常生活中,任何涉及触摸的行为，如牵手、拥抱、亲吻、拍拍肩膀、母乳喂养，都能激发催产素的释放，让人感觉到安全、温暖、被信任。"

这样一写，很容易让人觉得幸福就在自己心里，在自己身上，在自己身边，是可以由自己去创造与改变的，这样深入浅出的阐述，谁不愿意深入去听、去体会、去互动呢？

艾嘉的书，深入浅出，生动易读，不生硬和艰涩，看到一个个国内外大家的名字闪现出来，以为她要拿他们讲的一大段深不可测、深不可懂的理论与你论理，但在这本书中，名人的故事与理论都被阐述得通俗易懂。

比如讲幸福观时这样表述："通常来讲，追寻我们认为有价值的目标，这个目标就被称为'价值观'。伟大的美国发明家托马斯·爱迪生，在试验发明电灯时，所用的材料成百上千，光是失败、不适合做灯丝的材料就有一千六百多种，人们都认为爱迪生是天才，可是他的背后呢？是信心、勤奋加刻苦成就了他，也是因为他找准了自己的位置，自己的目标。

"寻找目标，需要审视自我，认清自我，聆听自我价值的呼唤……"

然后又写道："根据施瓦兹在2002年的研究，他分出两类不同目标的人，分别是'最大化主义者'和'满足主义者'。

"最大化主义者中的'最大化'，指的是利益最大化，例如：用最低的价格购买自己想要的产品。得到最大的利益收获，就是他们的目标。而满足主义者的目标，则是做出令自己满意的选择，更在意心灵上的满足……"

如此这般，读来实在不累，而且还受益匪浅。粗浅感悟，再写下去就要贻笑大方了。回到文本，艾嘉去做了如何营造和维护爱与家，如何获得幸福与快乐，如何破译并运用"幸福密码"。艾嘉与爱家，美好和谐的谐音！祝福艾嘉爱家，大成大家！

韦忠南
原楚天都市报副总编辑
现湖北日报楚天地产集团总经理

序 3

"家庭是人生的第一个课堂，父母是孩子的第一任老师。"注重家庭、注重家教、注重家风是中华民族的优良传统。2021年10月23日《中华人民共和国家庭教育促进法》颁布，从立法层面上将家庭教育纳入国家治理体系，凸显了家庭教育对于个人、家庭、社会和国家的重大意义。家庭教育以立德树人为根本任务，培育和践行社会主义核心价值观，弘扬中华民族优秀传统文化、革命文化、社会主义先进文化，发扬中华民族重视家庭教育的优良传统，引导全社会注重家庭、家教、家风，增进家庭幸福与社会和谐。

家庭不仅是一个物理空间，也是一个文化的场域，家长不仅是孩子的第一位老师，也是陪伴孩子终身成长的老师。家庭的幸福并不体现在物质财富与经济资本的丰腴，而是体现于温馨和睦的家庭氛围、人际互动与亲情交往。陈艾嘉女士出版的《幸福密码》一书，是对家庭教育能力建设和亲子关系优化提升的有益探索。作为一名企业家，在自己的事业转型期，能够敏锐地觉察到家庭教育在中国式现代化发展中的重要影响与发展潜力，这与她丰富的人生经历密切相关。她用个人的人生阅历和感悟，从认识上探索"幸福的女性应该是什么样子"，从方法上提出"如何提升家庭幸福、人生幸福"方略，为同样追求幸福的千万家庭提供有价值的参考。从根本上看，每个个体都是独特的，拥有独一无二的人生经历，无论是实现人生幸福的条件，抑或探寻家庭幸福的密码，应该是千人千法，不可标准化。《幸福密码》探索了家庭何以幸福，如何幸福的规律、做法和典型案例，可为他人借鉴，但不可能照搬。

教育是人的灵魂的教育，而非简单理性知识的堆积。家庭教育在人的人格发展中起着至关重要的作用，而应试教育主导下的家庭教育普遍存在"重智轻德"的倾向，还未建立起平等对待儿童、尊重儿童的理念，因此家庭教育中家长的教育素养提升也应该成为注重家庭教育建设的重点。家庭教育应该重点关注家长教育素养的提升、亲子关系的构建、家庭文化氛围的营造，家庭教育事业还需要规范家庭教育行业，以提高家庭教育指导能力，构建覆盖城乡的家庭教育指导服务体系，以提高家庭教育的质量。家长是一份终身的事业，是孩子终身的老师，家长的终身学习和不断成长是家庭幸福和谐的内在要求。家庭教育能力和素养的提升，能帮助家长在多种身份的转变中守住初心，经营好家庭，构建幸福家庭。正如作者所言"只有通过学习，才可以让自己走向幸福的道路，可以找到幸福的方法"。

人的成长是一个过程，于家庭而言，孩子的成长更是薪火相传的责任与使命。教育不仅在于应对世界的改变，也在于改变世界。人类的智慧正是在于从代代相传的知识和文化中汲取养分，让年青的一代去翻越更高的山，走更长的路，感受更广阔的世界。爱的传递，文化的传承是教育的本质，也是家庭幸福之基。

雷万鹏

华中师范大学教育学院院长

自序

2014年对我来说是不平凡的一年，而每一次抉择都是在期待一场柳暗花明。那时，我遇到了事业上的一个困境，就是传统平面媒体遇上了手机终端，纸媒的黄金时代也渐渐迎来终结，我之前工作的职务身份也随之瓦解。时代的列车总是自顾自地往前开，不会为任何人停留，这也使我深陷痛苦的挣扎和迷茫的沼泽中。

面临低谷期，我又怀上了老二，这无疑是一个巨大的挑战。可我满脑子想的都是公司未来的出路在哪，如何能破局，当跟家人去探讨公司的发展时，也遭到家人的埋怨、指责和不理解。

曾经，偶然跟一个姐姐闲聊，她说："艾嘉，我好羡慕你啊！"听到这句话时我的第一反应是诧异，我未曾想过自己也会值得别人羡慕，于是问她："你羡慕我什么呀？"她回答道："你看你有自己的事业，不但会赚钱，还能有时间去那么多地方旅行。现在又生了老二，两个儿子多好呀，家里有三个男人爱你了，我觉得你好幸福！"她说这话时，看向我的眼里泛着憧憬的光。

在我看来遥不可及的幸福，在别人眼里我已经触手可及了。而这也是我第一次问自己：我幸福吗？当时的我还在做传媒，并未从事心理学这个行业，每个月的销售数据使我忙得焦头烂额，强烈的焦虑和紧张感包裹着我，而我像被困在一个叫作"还不够"的密封盒子里的人，也许唯一能让我开心的时刻就是看到销售成绩不错的那一瞬间，但开心时刻很快又淹没在与别人的对比中。所以那时的我不觉得自己是幸福的，在不断地向外求取中，我遗失了自己的幸福。

2014年年中在美国的期间，带着这样的困惑，我一直在思考，幸福是什么？我到底要什么？偶然在一次湖北同乡会上，认识了一个老乡，当时我正怀着孕，所以和她聊到了未来孩子的教育。在和她交谈的过程中，我得知她是做蒙特梭利儿童教育的，她的教育理念当时深深地触动了我，我随后还去参观了她创办的蒙特梭利幼儿园，洁白的墙上有这样一句话：儿童是成人之父。当时看到这句话，我不明白是什么意思。在蒙特梭利眼中，每一个儿童都是天才，他们是未知力量的拥有者，在新生群体的身上拥有人类发展的未来命运，不经历童年时期的创造，也就不存在成人！在我们不断深入的互动和了解中，我发现了教育的无限力量，也爱上了蒙特梭利的教育方式，看到了未来对孩子的教育方向，同时也看到了公司未来的些许曙光，心中似乎有了一个方向，感受到旧的一页马上要翻篇了。于是我把公司的所有项目罗列了一番：传媒，公关顾问，贸易，还有一个儿童活动项目。最后，除了传媒小部分业务之外，其他的工作项目全部都被我一一砍掉，留下了儿童教育项目。

我曾经是师范专业毕业的，当过两年的语文老师，对于老师这个职业，我还是抱有一种情怀的。

2015年开始，我彻底从传媒转型，成立了少年派MBA学院，也是苔米学院的前身。引进了美国的课程体系，针对6~12岁的青少年培养科学素养和实践能力开展的课程。在做儿童教育的过程中，我们也遇到了很多问题，例如在家长来接孩子时，家长们经常会与我们探讨孩子做作业拖拉、爱顶嘴、打游戏等各种问题。为了让学院跟家长们有更多的联系，我们通过学习，自己也开始做一些线上的公益课程来尝试解决这些困惑。而随着我们越来越深入地学习和了解，发现我们根本就没有办法完全解决这些孩子的问题，因为孩子的成长源自父母的教育和家庭环境的影响，孩子的成长与家长密不可分，父母改变1%，孩子改变99%。当我在回顾自己对大儿子的教育时，也发现存在了一些问题和不足，那不是一个正确、科学的教育方式。我想这会是未来的一个市场，是每一个家庭的需求。

2016年年底，少年派MBA进行全方位的升级，成为"苔米学院"，优化和开发了一系列关于女性成长和家庭教育的课程，这也是我探寻自我成长的路径之一。为了丰富我们的经历和提升讲课能力，从2017年开始我们就规划要做1000场家庭教育和女性成长的公益宣讲课程，这几年我和小伙伴们走入了湖北省70多个地市州村县，共举办了540多场家庭教育及女性成长公益讲座，服务总时长810小时，48600分钟；辐射总公里数81000千米；服务人群近100000名。我每天都会接触到各式各样的问题，阅尽人生百态，其中大部分人来咨询的都是夫妻关系问题和孩子问题，这说明了很多女性的家庭存在着矛盾和不幸。

在2021年我们又开始做提升女性幸福力论坛，也是怀着帮助中国万千女性提升家庭幸福感这样一个宗旨，这几年在湖北省12个城市开展过将近10多场论坛，效果非常好，每场都有几百人，你会发现这些来演讲的女性都有着各种不幸，也有着各种幸福。通过这么多年的一些课程和大量真实的案例，我们可以看到一个女性只有通过学习，才可以走向幸福的道路。

虽然如今人们的生活水平提升了，我们的物质也丰富了，但是你会发现很多中国女性的幸福感没那么高。中国女性是世界上参与劳动最多的女性，劳动参与率达到了70%以上，可谓女人撑起了中国的半边天。在家中，她们将大部分精力和金钱花在了孩子身上，在扮演好妈妈和妻子这些角色的同时，还早出晚归，在事业上摸爬滚打，在社会上承担着社会责任。所以中国女性面临的心理挑战是有增无减的，她们普遍存在一些愤怒、委屈、抑郁、苦闷的情绪。有的是老公出轨，让她们在情感上受到巨大冲击，信任感崩塌，安全感尽失，最终婚姻破裂；有的是孩子抑郁，不想上学，不想与家人交流，甚至还有自杀的念头；还有的是嫌孩子调皮老公赚钱少，家中争吵不断，但她们改变不了现状，自身又无力成长，等等。追寻人生幸福，这是一个亘古不变的话题。

前段时间，因为疫情防控，我也正好停下了忙碌的脚步。那日阳光正好，微风不燥，我在家中整理书房，偶然翻到了一本大学时写的日记，发现自己在日记里大多数记载的都是一些烦恼及不开心的事情，还有那些面对挫折和无奈时伤心痛苦的感受，日记的结尾都是自我鼓励和安慰。至于记录开心的事情则是寥寥几笔。似乎日记簿的使命就是记载自己的"苦难"。

如今，面对自己当年记录的"苦难"，我不禁会反问自己：我当时为什么会觉得自己是那样苦呢？当时真有那么惨吗？我一直都认为自己是一个乐观的人。可是乐观的我，对烦恼和不幸的事很敏感，对于幸福的感知却很钝化。是不是生性乐观的人也会在意负面的情绪，喜欢去追究不幸的事情呢？心理学家的实证研究结果，证实了我的疑惑：所有的人，往往都会关注负面的事情和情绪，而对正面的东西却视为理所当然。清华大学积极心理学研究中心做过一项大数据研究——世界上13种语言的正面和负面表达频率。结果发现，在过去的200年中，中文的负面表达是全世界最明显的。原来我们在表达时就忽略了幸福。

幸福不仅是一个美好的目标，也是人内心的主观感受。在我看来，幸福感是可以被定义、测量、传授和提升的，提高人的主观幸福感可以使个人更加充实，家庭更加和谐，公司更有生产力，士兵更有战斗力，学生更好学，婚姻更幸福。问题是，这些承诺真的能兑现吗？与以往其他学科对幸福的探索不同，美国积极心理学之父塞利格曼认为，幸福的积极意义是有客观证据的，幸福也是可以被科学研究的。他带领的科研团队对人的幸福感进行了系统研究，发现人的幸福感的变化与健康、财富、学习、成就、婚姻等美好生活的指标密切相关。

在家庭教育和心理学行业里多年的亲身经历让我发现，那些需要关怀的有心理问题的人，那些每天努力工作但感觉"压力山大"的上班族，那些被无聊的工作、没有感情的婚姻、没有意义的娱乐等烦恼所困所累的芸芸众生，是需要发现和寻找幸福的，只有让他们拥有美好生活价值观，才能让他们走出人生的冰河。

而无法发现幸福的原因之一，便是他们把所有的幸福都拴在别人的裤腰带上：老公送给你心仪的礼物，那一刻你幸福；孩子取得了好成绩，那一刻你幸福。若是别人达不到你的期待时你还幸福吗？那些来找我做咨询的学友，其实他们所有的痛苦都源自向外求取，他们把幸福寄托在他人身上，丢失了自己。

幸福是带着心灵温度的科学，是有着丰富人文关怀的慈悲的科学。它对人类美好生活的向往与它对美好生活的表达一样激动人心，一样充满感情。当然幸福是可以学习的，幸福也可以到永远。

一路走来，我找到了属于自己的幸福密码，越来越坚信我的每个选择，也感谢曾经的迷茫、彷徨和沮丧。这份答案，随着我们越来越深入地学习，越来越深入地思考，渐渐明了。被人需要的感受以及内心的成就感，这是我真正想要的。我，一个狮子座的女人，不喜欢一成不变，喜欢折腾，家庭教育是一项光明的事业，我要用自己的后半辈去做好它，为更多的家庭服务。

如果你想开始新的生活，发现真正的自我，希望你能认真阅读完这本书，然后知道怎样才能变得更幸福。最后，祝愿所有读者都能拥有真正幸福的生活，而这也正是我作为一个幸福心理学导师奋斗一生的事业!

艾嘉

莒米学院创始人

目 录
contents

第一部分　认识何为幸福

第一章　幸福是什么
苏格拉底和柏拉图的故事 / 003

幸福就是快乐吗 / 004

人生本没意义 / 005

幸福就在那里，你可以找到它 / 009

大脑里的幸福密码 / 010

第二章　打碎思维的鱼缸
认知中的"应该思维" / 015

如何努力破除"应该思维" / 017

第三章　习得性无助
改善你的习得性无助 / 023

归因风格 / 026

第二部分　如何让思维拥抱幸福

第四章　拒绝幸福的错误思维
三种绝对化思维 / 031

第五章　摆脱"腐朽"思维
固定型与成长型心智模式 / 035
培养成长型心智的孩子 / 039
父母必须首先具备成长型心智 / 039

第三部分　影响幸福观念形成的因素

第六章　信念和价值观
为什么我们会走入思维的误区 / 045
清晰认识自己的价值观 / 046

第七章　价值观的形成
"价值观"是什么 / 048
明确你的"价值观" / 050
价值观驱动我们改变 / 052
对价值观影响最深的是什么 / 053
深刻的情感记忆 / 054

第四部分　影响生命幸福的力量

第八章　个人情绪的力量

学会了解你的情绪 / 059

如何管理情绪 / 061

情绪的"踢狗效应" / 076

悲观情绪是你幸福的障碍 / 077

扛过悲伤，迎接柳暗花明 / 081

焦虑随时随处可以产生 / 091

自卑使你远离幸福 / 106

无处不在的抱怨 / 118

不要用生气惩罚自己 / 125

负面情绪的正向价值 / 131

情绪主宰着你的健康 / 136

第九章　社会关系的力量

阿列·博克研究计划 / 142

人活在关系中 / 144

会沟通，关系好 / 150

第五部分　幸福的密码

第十章　幸福的两把钥匙

感恩：记住一切的美好 / 155

学会如何感恩 / 159
宽恕：释怀那些不美好 / 163
学会如何宽恕 / 165

第十一章　接纳的幸福
接纳不完美的自己 / 167
接纳的魔力 / 171

第十二章　掌握自己的幸福
幸福的开关在你的手里 / 174
幸福的基础是"值得感" / 175

附录　学员的幸福之旅
胡挽澜　心灵成长之旅——在苔米学院的成长与蜕变 / 179
王　琰　学习使人进步，也为了明天更加美好 / 184
刘雯雯　拥有爱的能力，才能把握幸福 / 186
邹飞兰　在成长中收获，在收获中感恩 / 188
汪春霞　不再束缚自己，做自身的优化者 / 191
郑羽清　历练内心，完美蜕变 / 193
吉燕燕　走进苔米，只为更好 / 196

后记 / 198

第一部分

认识何为幸福

第一章　幸福是什么

苏格拉底和柏拉图的故事

记得有这样一个故事。

柏拉图问苏格拉底："什么是幸福？"

苏格拉底说："我请你穿越这片田野，去摘一朵最美丽的花，但是有个规则：你不能走回头路，而且你只能摘一次。"

于是柏拉图按照苏格拉底的指示，开始去寻找那朵美丽的花。过了许久，他捧着一朵美丽的花来到了苏格拉底面前。

苏格拉底问："这就是最美丽的花了？"

柏拉图说道："当我穿越田野的时候，我认为这朵花十分美丽。于是我摘下来把它带了回来。在途中我也发现了其他美丽的花朵。但我认为都比不上我手中的这一朵美丽。因此我接受自己的想法，把这朵花带到了你的面前。"

这时，苏格拉底意味深长地说："这，就是幸福。"

幸福就是快乐吗

苔米学院的愿景是提升中国家庭幸福力。在"爱家幸福课"上，都会和学员探讨关于"幸福"的话题。对于什么是幸福这个问题，大家的答案是五花八门，有人说，父母健康、自己平安就是幸福；有人说，找到一个漂亮老婆就是幸福；有人说，干自己喜欢干的事情，并能养家糊口就很幸福；有人说，有钱就幸福；还有人说，明明白白活，不纠结，不后悔才是真正的幸福。高级的幸福说是，拥有感知幸福的能力才是真幸福。你问1000个人，1000个人都会有自己对幸福的主观感受，每个人对幸福的感受和理解也是不一样的。像柏拉图那样找到并坚信认为最美丽的花是幸福，这是柏拉图对幸福的感知能力，当然，也不是所有的人都能拥有感知幸福的能力。如何在有限的生命里从内心真正感受到幸福，是我们每个人通过学习，才能找到的。

在课堂上，有学员提出快乐和幸福这两个词，快乐是幸福吗？幸福是快乐吗？在字典里，快乐是快乐，幸福是幸福，是两个词。快乐是短暂的幸福，天热，我吃根雪糕很快乐，很幸福；饿了，我吃了一碗久违的牛肉粉很舒服、很快乐。

记得2021年的这个时候，我在一个电商企业做培训，培训的主题是如何获得职场幸福，分小组讨论什么是幸福。其中一个小组代表发言，是一位"90后"的女员工，她说："最大的幸福是每天不用工作，有钱花，有手机，有Wi-Fi。"她说完，顿时下面都开始鼓掌，很多员工表示这是最大的幸福。2022年3月开始，武汉疫情开始反复，我们公司15个人，隔离了12个。在这期间，他们在公司群吐槽，在家每天吃了睡，醒了看手机，人都憋死了，恨不得翻窗户跑出来上班。疫情期间，隔离的生活也恰好满足了那些"不用工作，有饭吃，有手机"人的幸福观，可实际上并没有想象中的那么舒服，那么快乐，那么幸福，反而带来了身体上的乏力酸痛、精神上的空虚、心理上的抑郁。

幸福是有意义的快乐，我们在对各种事物的追寻中既要快乐也要有意义时，才会获得持续而长久的幸福。

人生本没意义

大家都知道，我们从出生第一天开始，就是奔着终点去的，既然要死，何必要生呢？

前段时间网上有个视频是讲关于生命意义的。既然所有的生命都要死亡，那么生命的意义是什么？几千万浏览几十万条回答评论让我大感意外——生命没有意义，只是为了活着。似乎每个人都很悲观厌世。在宇宙空间，如果你站在月球上看地球，你会发现人类的渺小，会怀疑，人类的这些创造和忙碌是否有意义。现在还有一个现象，值得我们思考：近年来越来越多的优秀年轻人时常感到内心空虚，找不到自己真正想要的，就像迷失在茫茫大海上的孤舟一样，感觉不到生命的意义和活着的动力，甚至找不到自己。

人生的意义到底是什么？短短百年间，我们终其一生也不过是这世间匆匆过客，我们一直都走在追寻幸福的路上。但是幸福其实离我们越来越远了。现在的我们都行色匆匆，紧锁眉头。你会发现，其实我们早已违背了我们对幸福的初衷，越来越走在了痛苦的道路上。巨大的生活压力，让我们没有办法喘息。7月25日我被邀请到湖北省的一个地方州下辖县的一所中学，为高三的孩子讲一堂课，事前老师和家长们反映，学生们没有什么学习动力，希望我讲讲如何提升学习动力的内容。上课第一问："我问同学们，你们说说为什么要读书？给大家5分钟的思考够吗？"同学们说："老师，不用那么长的时间思考，我们都知道。"我当时就请各小组派个代表发言，结果每个小组代表都回答："为了钱而读书。我很震惊，难道大家都是一个答案吗？"我就说，认同他们观点的同学们请举手，天啊，齐刷刷地几乎全部把手举得高高的。只有一位同学想举又不想举的，最终维持在半高的样子。这种追求钱的压力也深深地影响到我们孩子的价值观了，有的父母说："考上好大学，就有好前途，可以找到很好的工作，赚到很多钱，人生就幸福了。"

  人类几千年发展的文明中，金钱的运转推动了我们社会的高速发展。甚至演变到今天，已经到了谈钱色变的地步——变成了只要我们活着就是为了赚钱。这其实是一件极其可悲的事情。其实人类文明发展的初衷不是让我们获得更多的利益，而是为了每个人都可以按照自己想要的生活方式去度过我们的一生。我们每一个人最终都将化为尘土。这个事实从出生开始就已经注定了。但即使是这样，依旧有人会耗费大量的时间与精力，去博得一个自己精彩的人生。短短几十年，也不过是弹指一挥间。从出生到上学，从工作到结婚，从组建家庭到养育后代，最后宛然一笑，风光地离开。其实仔细想想，我们的一生又曾真正得到过什么呢？拥有富可敌国的财富是一种人生，刚刚足够温饱，又何尝不是另一种人生？大部分人的一辈子都是碌碌无为的，但这并不能代表无能；小部分人的一辈子大富大贵，但这也代表不了他是幸福的。在野蛮的远古时代，力量就代表着幸福；在危险的战争年代，活着就代表幸福。大多数人口中的幸福，其实不过就是在各自时代背景下，所反映出来的社会现象。而且他们自己的心中其实根本就不懂得，什么才是真正的幸福。

我们每一个人都想让自己的生活更好，这是我们人类的本性。但一旦我们越来越盲目地攀比，越来越随意地透支自己的身体，就违背了我们对追求幸福的初衷。我们总是去追求自己得不到的东西，却忽视了当下最珍贵的瞬间。那么在亿万年以后，属于人类文明的一切痕迹将被抹去，不管你曾经有着多么辉煌的成就，不论你是多有钱的老板，还是多落魄的乞丐，我们都将会永远消失。在宇宙中我们仿佛从来没有出现过一样。从宇宙的宏观角度来看，我们人类的一切其实根本就是不值一提的。我们的生存与消亡对于宇宙来说也并没有丝毫的影响。请记住只有当你真正接近死亡的时候，你才会明白精神上的满足比物质上的堆砌要来得更加宝贵。当你即将要离开这个世界的时候，这些物质和金钱其实并非那么重要。你唯一能带走的是你丰富的精神世界与你的信仰，是你永不可磨灭的意识和独一无二的灵魂。

人生本没意义，一切都是我们赋予的。如果你是一艘没有方向的船，就如同你的人生一样没有目标，纵使你有风帆也只会在海上随波逐流，或原地打转，或失去方向，忘记此生来到世界的意义。

生活本没有意义，所以我们要让它变得有意义。生活本身并不幸福，所以我们要努力让自己过得更幸福。很多人在很多问题上的迷茫和退缩，其实就是没有找到生活的意义。这个生活的意义，包括如何对自己，如何对他人。这两部分缺一不可。没有人是一座孤岛，人从出生开始，就面临着各种关系——与父母的关系，与兄弟姐妹的关系，等等。我们需要与人建立连接，脱离不了与人的关系。所以我们人生的目标，不仅要对自己好，还要对别人有益处。

就如同苔米学院的价值观：润己泽人，美好人生。我当年在公司转型选择做家庭教育这个行业时，一堆朋友不看好，家人也不支持。在成为一名家庭教育指导师之前，我是一名传媒人，公司每年营业额和利润还不错，我也问自己为什么选这个行业，如果是为赚钱，那是好难，好辛苦。然而，当我与患有抑郁症的学友安丽接触时——她是个被专家诊断为重度抑郁、有自杀倾向的患者——在我们长久的关爱陪伴下，她在课堂分享时说："艾嘉老师，我爱你。"这一刻对我来说比什么都有价值，我在旁边已经泪流满面。

幸福就在那里，你可以找到它

前几年刚开始推广家庭教育时，没有太多资金，我们的老师都是做公益宣讲去村、县、市、社区等地，有时为了去讲一个小时的课，需要坐火车，转汽车，再走路进村，路上来回的时间都要一天，有人问：你们天天宣传提升幸福，讲课又没太多钱，你们觉得值得吗？觉得自己幸福吗？我们的老师告诉他："我们是世界上最富有的女人，讲课带给我们的快乐是多少钱都买不到的。对我们而言，幸福就是做有意义的事情，而帮助那些有需要的家庭就是最好的幸福。"

对我而言，最好的幸福就是帮助他人变得美好。当我有了这种能力时，特别愿意将它分享出去，将幸福感染给更多的人，我相信"爱是一个圆，经由我的手流出，最终流回来"。

时常有学员握着我的手说："遇见您真好，跟着您学习我觉得自己成长了。"有的还反馈说："您的一句话，改变了我的人生状态。"而我也很好奇到底是哪句话改变了她，听到回答后，我下意识想：这话说得真好，是我说的吗？然后微笑着想到：的确是我说的！我的一句话深深地鼓舞了她，转变了她，其实当我在传递美好的同时，我也收获了美好，她的这句话同样赋予了我更多的力量与信念，让我觉得自己做的事那么有意义，这就是幸福。

我们每一个人都可能对另一个生命产生幸福的影响力。所以我们要相信，幸福就在那里，我们可以找到它。

大脑里的幸福密码

幸福并非一种简单的主观感受，也不是一个虚幻的概念，它有很多科学依据，有三个特别重要的生理指标和幸福密切相关。

☆ **大脑中的情绪管理中心"杏仁核"**

你是否有一些记忆深刻的事情，不论时隔多久，回忆起来依然是能触发一些你的本能反应或者说一些情绪？其实这是我们大脑中的"杏仁核"在发挥作用。

那么"杏仁核"究竟是什么呢？

杏仁核是我们大脑中的一个高效沟通者，在前额叶、颞叶和下丘脑之间持续感知、处理和传递信息。杏仁核的功能大致可以分为三类：情绪、奖励和记忆。

在情绪方面，杏仁核负责恐惧、悲伤等负面情绪的产生。当外界环境产生可能对生物有威胁的刺激时，杏仁核会被激活，产生相应的情绪，帮助生物识别环境中的危险。

在奖励方面，杏仁核在产生恐惧等负面情绪的同时也可以产生一些快感，例如我们吃很辣的食物或者观看恐怖片时，虽然会痛苦，却又觉得很刺激，甚至越来越上瘾，这就是杏仁核的作用，让我们痛并快乐着。

在记忆方面，如果一个人之前被蜜蜂蛰过，那么他对蜜蜂的形状和记忆连同着他对蜜蜂的恐惧，就变成了一种情绪上的记忆。在之后的生活中，如果他再一次遇见与蜜蜂形状相似的物体，那么他的杏仁核就会被激活。释放出他曾经那种恐惧的记忆，让他再一次受到惊吓。

因此，杏仁核对我们产生情绪起着绝对作用，它决定着一件事情发生之后，我们是快乐、沮丧还是悲伤。

☆ **传递快乐的信使"神经递质"**

神经递质在中枢神经系统中起着传递的作用，用于细胞之间传递信息。我们喜怒哀乐的各种情绪，都由神经递质经过细胞传递后产生。

神经递质分工十分明确，它分为兴奋性递质和抑制性递质两种，以保证我们的情绪处于平稳状态，避免出现兴奋过度或悲伤过度的情况。在不同的情境下，这两类神经递质发挥着不同的作用，比如，在我们需要快速思考解决问题时，兴奋性神经递质就会来给我们动力，而抑制性神经递质则保证我们不会压力过大，保证我们处于舒服的状态。

兴奋性递质例如多巴胺、血清素和内啡肽，它们刺激大脑使大脑更加活跃，而抑制性递质，在兴奋神经递质将我们的情绪带领到达高峰之后，会帮助我们恢复情绪的稳定，从而降低我们的焦虑和压力水平。

想要更好地清楚自己的情绪来源，我们则需要进一步了解这些神经递质对我们如何产生影响，产生哪方面的影响。

多巴胺：多巴胺这种脑内神经递质主要的责任是负责我们大脑的情绪。这跟我们的喜悦和满足感有着很大的关系。当我们经历比较新鲜刺激或者比较有挑战性的事情时，我们的大脑就会分泌出多巴胺，在多巴胺的作用下我们能感觉到快乐、爱和幸福。平常人多巴胺分泌保持的时间通常为七年左右（这也是我们常提到家庭爱情有"七年之痒"的原因）。如果在此期间我们能收获正向的反馈，则可以延长多巴胺的分泌时间，反之则会缩短多巴胺的分泌时间。因此开心愉悦的时候身体就会分泌更多的多巴胺，而分泌更多的多巴胺同样会让我们感觉开心愉悦，这是一个良性的循环。

血清素：血清素又称五羟色胺，是人体中一种非常重要的神经递质。它可以帮助我们解除焦虑，使情绪安定下来，让我们放松心情。要想情绪稳定，保持大脑血清素水平平衡非常重要。在血清素不足时，我们需要通过一些外部手段及时补充它，例如可以多食用氨基酸（尤其是色氨酸）含量高的食物，肉类和坚果等蛋白质含量高的食物也可以有效提升我们身体中的血清素含量。

春季抑郁症高发，有一部分是因为血清素不足，晒太阳会增加血清素的分泌。虽然血清素的减少会导致抑郁情绪的产生，但过多的血清素又会造成易怒、不安、焦虑的情绪产生。因此在春节抑郁症更容易频发。

内啡肽：内啡肽是人体脑部下垂体生成的一种纯天然的镇痛剂，可以产生类似吗啡的镇痛作用和快感。人体在受到外界刺激的时候，会增加脑内啡肽的分泌，比如当人们吃辣的时候，脑内啡肽的分泌增加，进而产生快感。很多人喜欢吃辣，就是因为辣味能刺激分泌内啡肽。我们通过美食、运动、社交都可以刺激人体产生内啡肽，这些有助于人们释放压力，改善心情，抵御抑郁，而且还能提高工作效率，提升生活质量。

催产素：催产素又被称为"拥抱激素"。最常见的催产素分泌是在母亲生产的时候，母亲的催产素将达到很高的水平。这时她对子女的依恋和亲密行为，也将达到最高峰，它可以让一个新手妈妈充满母性，成为无所不能的保护神。而在日常生活中，任何涉及触摸的行为，如牵手、拥抱、亲吻、拍拍肩膀，都能激发催产素的释放，让人感觉到安全、温暖、被信任。

☆ 引导情绪的方向盘"大脑前额叶"

前文提到，我们的情绪由神经递质经过传递后产生，而在传递成功之前，还有一道关卡要过，那就是我们大脑中十分重要的神经组织——前额叶。

前额叶将神经递质将传递的信息，更加有组织性、指导性地调节整合，以保证中枢神经系统可以达到整个心理过程的统一。

前额叶在我们大脑中主要负责计划、分析、判断以及自控。前额叶将我们自己的状态调整为对方可接受的样子，避免表现出不适当的行为。例如当我们开始生气，马上就要将怒火对着面前的这个人喷发出来之前，等一等，这样发火是不是有点不妥？自己是不是也有不对的地方？除了发火，是不是也有更好的解决方法？在这一瞬间，调整和控制我们这种情绪的就是前额叶。

前额叶的发育成熟时间，比其他器官都晚。科学研究表明，人们要到20多岁以后，前额叶才能逐渐发育成熟。所以年轻人相对比较容易冲动和前额叶还未发育成熟是有一定关系的。而一些老人年纪越大，脾气也越大，这和上了年纪后脑部的萎缩，造成了前额叶的控制能力下降也有关系。

第二章　打碎思维的鱼缸

认知中的"应该思维"

有一位学友在课堂上提问：老师，孩子15岁了，学习没什么目标，很懒散，他的同学都比他强，急死人了，怎么办？我当时没有正面回答她的问题，问她："你的人生是什么样子的？"

她一时没听懂，自语说："我的人生什么样子？我不就是这个样子吗？每天6点起床，招呼家人早餐后，去守店，晚上回来做饭……"

我继续问："你想成为什么样的人？"

她一脸蒙，她从来没想过这个问题。我接着问："你的梦想是什么？"

"多卖点鱼缸赚钱，让家人生活更好一点。"

"你的鱼缸最大的有多大？"她比画了一下，我又问，"这么大想装一条大鲨鱼可能吗？"她说："不行。"

我继续说道："你想让孩子有自己的目标，更加优秀，让孩子成为一条大鱼,你就要把你的鱼缸做大,这个鱼缸就是你的思维。"

经常有家长这样说:"想当年我们小时候多苦啊,除了学习,还要帮父母务农,劈柴做饭,照顾弟妹。现在生活多幸福啊,孩子除了学习没有其他杂事的负累,就应该好好学习,成绩好啊。我的孩子在家除了学习什么都不让他做,就这样,学习还一塌糊涂,除了打游戏就没什么爱好了。"

还有的说:"我和她妈妈都是学校的老师,按理说孩子的成绩怎么都不应该差啊。结果期末考试全班倒数第三。"

他们的困惑都是有什么办法能让孩子满足自己的期待。我们能够理解每个父母都对自己的孩子寄予了厚望,但很多时候,事情并不会按照我们的预期进行。在他们的认知里,认为我的孩子就应该是那样的,应该听话,应该成绩好。殊不知,这些都是"应该思维"在作祟。

应该思维的本质其实就是没有去认识真实的世界。总是试图让真实世界屈服于我们脑中早已制定好的规则。而当世界不符合我们的规则时,我们就会产生愤怒,怨恨,焦虑或者沮丧等消极情绪。

作为一名幸福心理学的导师,每天看着群里的学员们交流,内心充满着踏实和欣慰,也有一种紧迫感,让我想要不断地拼命学习,看更多的书,因为万一哪天我回答不出学员的问题,我还是一个合格的导师吗?

这样想着时,我内心一惊:天啊,我这就是典型的"应该思维"啊!

"作为一个幸福心理学导师,就应该能够回答所有来访者提出的所有问题。""作为一位幸福导师,就应该夫妻之间和和睦睦,没有冲突;孩子做错事情,你不能有脾气。""幸福心理学导师回答问题,就应该完美无缺,让每个学员满意。"

原来我的大脑也陷入了应该思维的泥潭里。

可见除了对世界和他人的应该思维,我们还有对自己的应该思维。

如何努力破除"应该思维"

又快到了毕业季,来访者小峰便是2021年毕业的大学生,前几天他发消息给我,说自己收到了英国某所大学的录取通知书,我想对于他来说,得知自己考上研究生的那一刻,这一年的努力都是值得的。

回想起小峰第一次来找我时,高高瘦瘦,原本应该像阳光一样充满朝气的少年,却被焦虑、忧愁困住,原因就是他第一年没有考上研究生。看着周围的朋友都被不错的学校录取,他突然觉得自己和他们格格不入,好像未来的道路都不一样了。他说:"其实我是个比较懒散的人,本想着毕业了随便找份工作,可能就是我未来的人生了。但我看到寝室里的室友都在备考时,我就特别焦虑,每晚都睡不着,觉得自己也应该努力,不该躺平,于是我也加入他们的队伍。每天早上六点起床开始背单词,吃完早饭就去图书馆学习,不停地刷题直到晚上闭馆,我才回宿舍,每天的学习虽然疲惫不堪,但我内心充实。如果我一停下来，就又开始焦虑，觉得不努力就是不对的，我就应该学习，应该和周围的人一样备战考研。"

显而易见，他也被应该思维捆绑住了。人的思维有时是不受自己控制的，你越控制，越想改变自己，就越焦虑，最终把自己折磨得痛苦不堪。其实每个人的人生本来就是不一样的，如果非要以别人的生活为标杆，恕我直言，你很难做到你心中的样子，因为你最多和他们相似。

我问小峰："假设你考上了研究生，然后呢？"他自己也愣住了，一时间不知道如何回答，困惑取代了焦虑。显然这个问题他从来没有思考过，在小峰的思维里只知道应该努力，但他未必找到了人生的方向，他的努力是在强迫自己学习，只是在庆幸自己完成了每天学习的任务。看到优秀的人都在努力，考上了研究生，如果自己没考上就是很差劲。不可否认，想努力这个想法是值得鼓励的，但我们要认真思考一下，你的努力是自发的吗，还是被同化，在自我勉强，在假装的刻意努力和自我感动中迷失了自己。

那什么是自然的努力呢？他们的目标是明确的，知道自己想要什么，考研是为了什么，是为了继续学自己热爱的专业或是为了以后找份更好的工作。他们关注的不是努力这件事，而是努力的目标与带来的结果；他们的头脑里没有"我应该"，而是"我想要"，也正是因为这样，他们心中也就没有了攀比和焦虑。当达成目标后，他们内心是充满希望的，是满满的成就感，而不是松了一口气后又不知道自己应该做什么了。陷入应该思维的人在短暂的休息过后，还会继续寻找下一个"我应该",反复将自己封在了一条条的标准中,衡量自己是否合格达标了,他们的生活怎么会幸福呢。

于是我对小峰说:"如果你想摆脱烦恼,你需要搞清楚你努力的标准来自哪里,是你的内心,还是外界的影响?当你想清楚了目标后再考虑是否二战考研,对于暂时的失利,也请不要自我否定,这只会增加你的负面情绪。"

后来我和他时常发消息联系,希望能引导他走出"应该思维",第二次见面时他明显有了改变,语言变得轻快许多,他告知我,准备申请留学,去追求自己内心所爱。现在得知他的好消息,我表示衷心祝贺并为他开心,因为他打碎了自己的"应该思维",看到了自己的更多可能性。

"应该"只是一种美好的愿望,是否能够达到结果,那是不一定的,要学会承认现实,不是倔强地和现实赌气。你看,每个运动员都那么拼命,为了一场比赛不怕苦不怕累地练习几年,我觉得每一个运动员都应该拿金牌,但是现实就是最终只会有一人能获得金牌的荣耀。当记者采访他们的时候,每个运动员都会说我的目标或愿望是拿金牌,不会说我应该拿金牌。如果"应该思维"出现在了运动场,岂不是远离了奥林匹克精神了吗?这就是应该和愿望的区别。

其实,生活中有很多类似小峰的人们,理想总是丰满的,无奈现实太骨感。即使我们假设得再完美,世界也不会因为我们的思维而改变。

"我画得这么好,就应该得第一名。"

"我这么漂亮,这么喜欢他,他就应该喜欢我。"

"我工作这么积极，又做了很多年，这次升职就应该是我。"

应该思维无处不在，就像藤条一样不停地向四周延伸，依附在你身上，而烦恼就像藤条上的绿叶一样随之发芽，把我们遮盖，最终让我们看不清真实的世界。当我们的头脑里充斥着"应该""必须"和"绝不"等极端化词语，我们就很容易变成强迫症患者，喜欢寻找"标准答案"，追求"绝对完美"。如果事物没有按照预期发展，你就会感到难以接受和适应。

其次，非黑即白也是应该思维的特点之一。难道我们成绩不好，就代表我们是坏孩子了吗？难道达不到"应该"的标准，就成为了反面教材吗？其实在黑白之间还有着足够空间，我们要允许"中间地带"的存在，学会接纳失败和现实，我们要懂得，我们的完美主义有时并不会让生活变得更美好。

第三章　习得性无助

你患上了习得性无助？

前段时间，我去往多所高中，为高三学子们分享了关于"和孩子一起找到人生目标"等的课程。希望能帮助孩子们在学习过程中不断体验到学习的价值，不断向目标前进，帮助他们面对"高考"这人生中的一次重大挑战。

在和孩子们交流的过程中，有一位学生说道："我知道自己正处高三，是最关键的一年，之前老师讲的内容听不明白，自己也学不明白，不想看书了，现在虽然也有能力去弄懂题目，但面对这一堆试卷，内心就很烦躁，完全没有积极性，复习不进去，好像有点自暴自弃的状态了。"

导致他逐渐消极的罪魁祸首便是"习得性无助"。可能源自止步不前的成绩，源自记不住知识点的无力感，最终信心被磨灭了，就像咸鱼一般，不再去尝试努力。不少学生表示深有此感。

另一个学生则开始控诉自己的父亲："我爸就是典型的中国式父母，从来不会对我说好听的话，总是摆出严厉的样子批评我。每次发成绩单，我都不敢给他看了，因为他只会骂我笨得像头猪，再考这么差就别回来了，这让我非常郁闷和烦躁，我也觉得自己没有学习的天赋，对学习更加提不起兴趣了。"

听完孩子的这番话，我心疼地给了他一个拥抱，拍着他的后背希望能给予他一些力量。父母脱口而出的"笨"，就会导致"习得性无助"，当孩子经历多次失败时，父母还习惯呵斥孩子，讲话不留情，把一切归咎于孩子智商不足上，孩子便处于无能为力的状态。事实上，你的孩子真的比别人笨吗？你的孩子眼神越来越木讷，成绩越来越差，这不是因为他自己，而是因为他父母长久以来的否定。这种打压式的教育，严重地伤害了孩子的自尊和自信心。即使是再聪明的孩子，若是一直处于习得性无助的状态，将来也会变得一事无成。

习得性无助指的是当一个人经历了失败和挫折之后，他们面对问题时产生的"觉得自己无能为力且悲伤"的心理状态和行为。当一个人将这些不可控的事件都归结于自己的智力和能力，那么一种无助和抑郁的状态也就会出现在他的身上，他的自我评价会降低，行为动机也会减弱，直到最低的水平，无助感，也就由此而生了。

"习得性无助"这一概念是美国心理学家塞利格曼于1967年提出来的。

他曾用一只小狗做了一项经典的实验。实验的开端，塞利格曼将狗关在笼子里。当蜂鸣器响起的时候，就对这只狗进行电击。起初的时候，狗会因为被电击而在笼子里乱跑，或是惊恐地吼叫，想要逃出这个笼子。可随着时间的推移，它被关在笼子里，上天无路，入地无门，它逃避不了电击，因此只好被动地去忍受。长此以往，反复几次之后，被电击的狗不再逃避或挣扎了。直到最后只要打开蜂鸣器，还没有遭受电击，小狗就已经开始倒地颤抖。实验的最终，当人们把笼子打开的时候，小狗并没有趁着这个机会逃走，而是在原地等待着被电击。

由此可以看出，在这个实验中，原本可以选择主动逃避的时刻，因为过往的痛苦经验所带来的绝望，小狗产生被动地在原地等待的痛苦行为，这种行为就叫作习得性无助。

这种习得性无助会降低我们对生活的积极性，甚至丧失对幸福的感知力。

改善你的习得性无助

造成学生们产生习得性无助的原因，主要分为不恰当的评价方式和不正确的归因两点。

大部分学生对新学科都充满兴趣，愿意去探索。然而如果学生本身，还没有形成成熟的个人独立评价系统，就容易以他人的态度和标准作为评价自身的参照，当学生常常受到教师、同学的批评和嘲笑以及父母的语言暴力，多次受挫之后，发现自己不能顺利完成学习任务，就会伤害其自尊心，甚至产生严重的自我不认同，孩子就会变得不自信，对学习产生焦虑和恐惧等情绪，得出"自己就是做不到"的结论，不愿再努力付出。

如果一个学生长期面对困难和挫折，并找不到补救的出路，那么他就会将这种内部的、不可控的因素当作自己失败的原因，比如自己智力低下，能力不足，而不是客观地去分析要完成这项任务，所需要的复杂性的程度有多高。总是一味地归因于自身的努力或自己的能力是否能够驾驭。他即使偶尔地获得了成功，他也会将其归因于运气好、任务比较简单等一些不稳定的外部因素。这些不正确的归因最终会导致学生破罐子破摔，产生深深的习得性无助。

面对学生普遍存在的习得性无助问题，我给出了他们一些建议，希望孩子们能重燃学习的激情。

1. 坦然面对加上积极调整

高考固然很重要，但是不要让紧张焦虑的氛围一直干扰着自己，可以选择跑步或听歌放松解压一下，让自己更好地进入状态。

2. 改变归因的方式，把问题归因到可以改变的因素上

"习得性无助"的学生存在着归因障碍，他们总是喜欢从内部的、稳定的、普遍的、不可控制的一些方面去进行归因，例如：一个学生上课不敢发言或者是不敢展示自己的才能，他将自己归结到懦弱型的人格，但这对解决问题并没有实质性的帮助。其实我们可以引导学生认识到，出现以上现象的原因可能是他缺乏人际交往的锻炼，他应该多去和老师打交道，或是多练习当众发言。我们也应该让孩子知道，引起失败的因素是多种多样的，教会他积极的归因方式。要学会将成功归因于自己的努力，体会到我们的成功是可以由自己控制的。当他们找到一个可以改变的方向，就会对未来的学习充满期待，从而产生足够的自信。

3. 反思一下自己的动力是内在驱动还是外在奖励驱动

最好的动力还是内驱力，因为兴趣，热爱，专注和投入才是你不断驱使自己去前进的动力。如果是外驱，我们可以适当地给自己一些奖励，一些积极的暗示。比如我们在达到了某个目标之后，得到了自己所希望的奖励，我们就会觉得一切都是值得的，实现目标的过程也是愉快的。这将让我们更有动力，去完成接下来要努力的目标。每天睡前、起床后也可以自我鼓励："我学到了很多新知识，完成得很好，加油！"

4. 做一个有实际性的预期，制订一个有操作性的计划

对自己做一个合理的预估是调整负面情绪的重要方法。根据自己能力的实际情况，制订一个可操作性的计划，拔高到能够到的高度就行，慢慢向目标前进。比如上学期考了100分，这学期我们可以将目标定为提高到110分，或者冲一冲到120分，而不要一下子定到130分。当发现自己能够实现目标，循序渐进地提高自己时，就会觉得努力有意义，更有积极性。不要一开始就将目标定得很高，这只会降低进步的速度，导致产生焦虑、紧张、抑郁等情绪。

除了学习上容易深陷习得性无助，其实任何回避行为和抑郁情绪背后，习得性无助都如影随形。

比如，很多人都面临过的职场压力，面对甲方的大量要求、各种挑剔，还有老板的不停催促，让你觉得这是根本完不成的任务，再怎么努力都赶不上进度，于是干脆自暴自弃，有的人甚至选择离职，并且扩大了伤害范围，觉得这个行业都不适合自己。同样，失恋也会让我们产生习得性无助，"你不适合跟

这个人在一起"的想法扩大到所有的男生，便再也不相信自己能找到更好的对象，能遇到好的爱情，这就是绝对化的思考方式。这种绝对化思维跟负面情绪相互作用，形成上升的双螺旋，从而蒙蔽了你的双眼。

归因风格

归因是指：对他人和自己的行为，用习惯性的解释方式进行解释并得到结果。得到的这个结果，会对自己产生十分重要的影响。归因风格根据个体的人格特质而显现，因此个体之间的归因风格存在较大差异。

20世纪80年代，以塞利格曼等美国心理学家为代表的积极心理学运动兴起了，他们认为积极的归因风格给人带来更好的情绪体验，并影响着个体的心理健康。

塞利格曼将归因风格分为两种：乐观的归因风格和悲观的归因风格。当负面事件发生时，悲观归因风格的人，将负面事件发生的原因归因在内部，即自身的原因，因此会遭遇不好的情绪，例如自尊心受损，自卑，等等。而乐观归因风格的人，会将事情发生的原因归因于外部，即他人的，或其他难以控制的原因，这样的归因风格的人的负面情绪则很少，即使有也会很快调整并消失，他们也更愿意努力地改变现状。

归因风格一旦形成体系便很难改变，而影响其形成的因素主要有以下几点：

1. 原生家庭的影响

出生在父母管教极为宽松的家庭里,没有受到太多约束,父母过度溺爱的孩子,他们总会将好的结果归功给自己,而坏的结果全部推给他人,形成以自我为中心的归因风格。而父母过于严厉,总是遭遇斥责甚至侮辱的孩子,则会形成自卑、悲观的归因风格。

2. 老师的教育方式

学校对孩子的影响不容小觑。研究表明,老师经常对学生进行赞扬和鼓励,有利于学生形成积极乐观的归因风格。

3. 自身经历

自身经历对我们归因风格的形成,影响是最大的。据调查,在经受过巨大心理创伤后,例如年幼丧父丧母,或经历过性侵的人,形成悲观归因风格的概率更大。而消极的生活体验,如父母离异,长期生活在压抑、被指责的环境中,也会对归因风格产生负面影响。

归因风格形成后具有稳定性,但也有方法去进行训练,如果你想知道更多的改善归因风格的训练方法,欢迎关注"荅米心理"公众号,找到更适合你的学习训练法。

第二部分

如何让思维拥抱幸福

第四章　拒绝幸福的错误思维

当经历失败的时候，如果你把一切的不顺都归咎到别人的身上，你就会气愤地指责他人；如果你把一切的不顺归咎到自己的身上，你就会压力很大，感到内疚和自责，甚至会讨厌自己，那怎么会幸福呢？

为什么有些人感受不到幸福，陷入了悲观主义呢？因为他们一味地拒绝幸福。也许你想反驳我："幸福是多么美好的时刻，怎么还会有人要拒绝它呢？"但我们回想一下塞利格曼教授屡次电击的那只小狗，你也许就会赞同了，明明最终它只要再争取一下，就能获得逃脱的机会，但是电击带给它一种信息：我做什么都没用。这样的想法使小狗放弃了近在眼前的幸福。幸福是奋斗来的，如果因为害怕失败，就拒绝了奋斗，选择逃避困难，那你就从根本上拒绝了幸福。

三种绝对化思维

绝对化思维从三个方向对挫折做了绝对化加工——永久

化、普遍化、人格化。

☆ **第一种绝对化方式：永久化**

陷入悲观主义的人认为坏事会接连不断地发生，看不到改变的希望。

小嘉前段时间在准备公务员国考，为此付出了很大努力，天天看网课、写策论，结果没有考上。有的人可能在沮丧过后，觉得这次只是自己准备得不充分或者没发挥好，再好好复习一番，下次省考还是可能考上的。而小嘉却陷入了绝对化思维，她觉得"我不行，竞争太激烈了，我再怎么努力也考不上"，然后放弃了继续努力。

我们经常会脱口而出"总是、每次、从来没有"等这类绝对化的词汇，这些都是时间上的永久化。比如，妻子和丈夫吵架时，妻子因为生气，于是语气冷冰冰地说反话，丈夫就抱怨："你说话总是这么阴阳怪气。"妻子则说："谁让你从来都不会体贴人。"这样的话语只会让自己深陷负面情绪，对彼此的伤害也明显更大了。其实妻子也有很温柔的时候，丈夫也会在下雨天带杯热奶茶来接妻子下班。如果我们换个思维，用"有时"和"最近"来解释坏事，就会把不开心定义成暂时的，例如可以把"你什么都不跟我说"换成"你最近都不和我说话"。这样指责少了一点，体谅多了一点。一旦你的潜意识里觉得不好的事情永远在发生，无法改变，也摆脱不了，便会越想越气愤，越想越郁闷，越想越悲伤，明明经历的只是一个小挫折，却会形成积怨，容易一蹶不振。

☆ 第二种绝对化方式：普遍化

普遍化与永久化的区别是，永久化是时间维度，普遍化是空间维度。

但凡看到像这种"所有……都……"的表述时，我们都需要引起警惕，你很可能犯了一个绝对化的错误。例如，小然在班上的成绩一直处于中下游，她的同桌却是班上的学霸，小然看到同桌每天认真学习的模样后受到了正向的影响，也开始不懂就问，对学习充满了激情。到了月考，小然的成绩突飞猛进，连最后一道较难的大题都做对了，可是数学老师把她叫去办公室，质问她是不是作弊，抄了同桌的答案，这让小然十分气愤，觉得数学老师冤枉她，很不公平。这里的老师就犯了普遍化思维的错误，小然虽然成绩并没有那么优异，但是不能因为之前的刻板印象，给一个人贴上标签。任何人都不是一成不变的，人都会成长进步，我们不能用自己的思维去局限他人。

我们经常说的："一竿子打死一船人。"这就是典型的普遍化例子。以点概面，以偏概全，面临一个小矛盾时，你会全盘否定，觉得这个整体都处于不好的层面。

☆ 第三种绝对化方式：人格化

人格化，就是觉得坏事发生时，都是因为某个特定的人而发生。

之前我也做过不少企业培训，开设了一系列课程来缓解员工职场压力，提高职场员工幸福力等。也看到了很多职场上常见的问题，其中就有很多员工都掉进了思维的陷阱。丽琴是公司新来的员工，面对陌生的新环境，她内心惶恐，表现得不自信，有时会感觉自己一下子变笨了，什么都不会，出现了任何问题，她下意识都觉得是自己的错，"对不起"都快成了她的口头禅。老员工杨忠则与丽琴截然相反，他时常为自己犯的错误找借口，把错误推卸到丽琴的身上，指责丽琴没有很好地配合他。前者经常自我否定，后者经常抱怨他人，这都会让自己陷入绝对化思维的泥潭而不能自拔。

前几天在办公室里闲聊，有同事感慨如今这个社会发展速度太快，自己已经跟不上时代了。羡慕新来的几个"90后"员工，年纪轻轻的，学习能力很强，做事情速度快，瞬间觉得自己一无是处，好像也没一技之长。成年人的崩溃只在一瞬间，可能只是来源于一件没有做好的小事。这时我们一定要学会正确地审视自己，要先看清问题的本质，警惕绝对化思维，其实你并不是真的"一无是处"，多想想自己的优点，比如经验丰富、工作质量高，这些都是你成长的基石。所以不要和别人较劲，不要用失败来惩罚自己，学会和自己妥协，你可能会活得更轻松，更幸福！

第五章 摆脱"腐朽"思维

固定型与成长型心智模式

有一个教师朋友,在一次谈心中,他向我讲述道:"老师当久了,对那些题目和思路都十分熟悉,似乎脑海中只剩下固定答案了,当学生的想法和我的想法不一致的时候,我下意识很难去否定自己,也可能不会像学生一样去问之前没有怀疑过的命题。"

我说:"你已经在不知不觉中形成了固定型心智模式,思想逐渐陈旧,不再流动。你需要努力去了解学生的真实想法,体验着学习。"

朋友也说到,他现在会不断提醒自己不让思想固化,要保持学习的心态继续成长。

斯坦福大学卡罗尔·德韦克教授通过研究学生、体育界、商业界人群,发现两种心智模式对人的发展有关键性的影响,一种是成长型心智模式,与之相反的是固定型心智模式。具备成长型心智模式的人会不断拓宽思维,不断创造,通过努力和练习来培养自己的才能，做事也不会轻言放弃。德韦克教授认为："拥有成长型心智模式的人，更容易取得非凡成就。"而拥有固定型心智模式的人则会用固定的、守旧的思维习惯去思考问题。

那么，如何发展成长型心智模式呢？

☆ **专注过程，而不是结果**

人们往往通过结果去定义一个人是否成功，政治上的地位、收入的多少、企业的规模等成为衡量的标准。如果你用这些结果去定义成功，那大多数人都会感到痛苦和失望。

但当我们换一种方式，改变一下心境，更多地关注自身的成长、能力的提升，在不断进步中发掘自己的潜能，在不断试错中变得更加勇敢。请不要过多地考虑结果，这只会增加你的负担，压垮你的肩膀，其实成长就够了。以一颗滚烫的心去热爱生活吧，就像松鼠拾果子，一颗一颗地累积，自然会得到更多；就像攀登阶梯，看着自己一步一步地前进，在这个过程中你的幸福感自然会增加。

☆ **少一点限制，多一点尝试**

固定型心智模式的人，惧怕挑战，习惯给自己设限。先给大家讲一个跳蚤的故事，有人曾做了个实验，他把跳蚤装进玻璃杯中，实验多次，跳蚤都很快就跳出来了，这对于能跳到它身体400倍高度的跳蚤来说简直轻而易举。接下来实验者把跳蚤装进杯子的同时，赶紧盖上了盖子，只听"嘭"的一声，它撞在了盖子上，在一次次的碰壁后，跳蚤开始调整自己跳跃的高度，最终只在盖子以下跳跃，不再撞到盖子上。实验者拿走盖子后，跳蚤依旧在那个高度跳跃，不再跳出杯子了。可见，一旦默认自己不行，就不再尝试，这就是固定型心智模式，它的长期存在，会扼杀心灵的成长，使人们安于现状，不敢挑战，永远停留在起跑线上。

前段时间有个朋友找到我，想让我帮他参考一下意见，事情就是他想辞去现在这份每天都一成不变的工作，他父亲却说："男人三十而立，你都三四十岁了，人生已经定型，做个讲师就行了，别瞎折腾。"朋友一时也不知道如何抉择，同时也害怕自己没有能力给妻子和女儿更好的生活。

我开玩笑说："这可是人生大事，我可不敢轻易帮你决定。"当然我最终还是给了他一些建议。父亲的话体现出了一种固定型的内心模式，难道成功一定要在30岁以前吗？30岁以后就能混吃混喝吗？如果你是一个有上进心的人，年龄根本不是限制。也不要成为到了100岁却后悔自己60岁没有学琴的人，不然你就有40年经验了。"

而成长型心智模式的人，喜欢尝试，喜欢创造，心智也在不断强化。

我们经常看到那些小说、电影里有许多传奇人物，他们的人生是那么精彩有趣，而自己只是过着普通生活的小透明，你可能会说他们是因为有主角光环，但本质的区别是什么呢？是尝试和创造。我们也可以做自己人生的主角,只需要多一点尝试和创造,不要让机会从手心里溜走,就能创造出自己的人生影片。

☆ 善于学习是成长的必要途径

实际上我们用于描述新兴文化的短语就是"成长性心智",因为每一个人都生来具备挣脱束缚、直面挑战和成长的态度及心智。

一位知名互联网企业创始人,是典型的学霸型 CEO。在保送到清华大学电子工程无线电专业之后完成了学业,就远赴美国留学。直到创业之后,他依然保持充满好奇心,爱读书,爱思考的习惯,就连每次和其他创始人见面,也会让别人给他推荐几本好书。

他曾在采访时表示,他在商业上的启蒙主要来源于小时候看的很多企业家的传记。有人曾问他:"你家中有一面墙的书架,这里面的书你看了多少?"他回答说差不多一半吧。

他时刻都没有忘记过学习,该企业在商业活动中引进了很多咨询公司的人才,这位创始人从他们身上学到了不少战略布局。这位创始人在接受《财经》采访时曾说不断成长才能获取足够的安全感。而空杯心态就是成长的驱动力。一旦清空自己的杯子,你就会想要通过不断接纳新鲜事物,不断地成长来将自己注满。

新时代日新月异,社会在快速地变化和发展着,人们的知识和思想时刻都在发生新的碰撞,因此善于学习显得尤为重要,这也是我们成长的必要途径。

培养成长型心智的孩子

孩子晚上睡觉不老实，乱踢被子冻醒了，然而他并没有自己下床捡起掉落的被子，而是安逸地躺在床上喊妈妈过来。

A妈妈听到呼喊连忙推开房门询问怎么了，看到地上的被子顺手捡起来，抖了抖然后盖在孩子身上，还细心地掖紧了被角，拍了拍孩子轻声说："赶紧睡吧。"

B妈妈听到呼喊后过去了，发现是孩子自己不想拿被子，她也站着不动，让孩子自己起来拿，还告诉孩子："爸爸妈妈也要休息，如果是你做不了的事，我们可以帮你，但你下床就能拿到被子啊，你已经长大了，要学会自己的事情自己做。"于是孩子拿了被子自己盖好后继续睡觉了。

故事的开端是一样的，不一样的是家长的教育行为，导致了孩子的不同。A妈妈是典型的保姆型父母，溺爱孩子，什么都替孩子做了，容易培养出不负责任的孩子。B妈妈则是教练型父母，锻炼孩子的能力，给予他们成长的空间，挖掘并激发孩子的潜能，培养出的孩子大多有自理能力并且善于学习。

父母必须首先具备成长型心智

好的思维真的可以决定命运，那么如何培养孩子的成长型心智模式呢？

首先父母必须具备成长型心智，这样才能潜移默化地影响孩子。

老林陪儿子去参加乒乓球比赛，最后是一场高水平的决赛，双方实力旗鼓相当，打得难解难分，儿子打得满头是汗，老林在一旁不停地加油鼓劲，虽然最后儿子还是以微弱的差距输掉了比赛，但老林对儿子说："你今天打得非常好，比之前更好了。有时候我们不能单看输赢，今天你和对手水平相当，比赛非常精彩，有了肉眼可见的进步，已经很棒了。"儿子听完这番话，也不再那么失落了，还说会继续练习，争取下次得第一。

父母需要通过言传身教向孩子传递这样的思维，当家长有了这样的想法，他才会用发展的眼光来看待孩子的成长，以开放的心态看待孩子偶然的失败，并且有能力帮助孩子提高动力，孩子也就愿意去学习一些新事物，挑战一些难度。

其次，表扬孩子后天的努力。

通常家长都会说："不愧是我的儿子，真聪明啊，又考了第一名。"这其实是错误的表扬方式，少表扬与生俱来、无法改变的因素，多表扬过程，表扬进步，来肯定孩子为了考第一名背后付出的努力，让他知道考第一是因为他好好学习，做题目练习出来的，这样他就会充满自信再接再厉。让他们懂得，有天赋虽然好，但后天的努力更有助于解决问题，才能发展出自己的技能和天赋。还有指责更是要少一点，如果家长不能心平气和地和孩子沟通，如何能真正地帮助他们呢？多一点温馨的提醒，从一件件小事着手，陪着孩子一步步成长吧。

再者，设定目标和具体的步骤。

孩子的想法通常不够成熟，较为迷茫，家长可以问孩子："你的目标是什么，你想要什么？"帮助他们认识到内心的想法。然后让孩子学会制订计划，通过拆分成具体的步骤来实现目标，让目标不再遥不可及，不切实际。也许现实中，有很多条件不能满足，限制了目标的实现，但条条大路通罗马，让孩子换个思路，写下那些通过努力伸手够一够就能触碰到的小目标，一项一项完成，一步一步递进，把自己能够控制的因素努力做好，更多地关注眼下能够落实的事情，让心静下来，跟着走。在适当的时候我们可以推一把孩子，教会他们品尝成功的滋味，逐步形成积极的反馈闭环，驱使孩子自发地向更高的目标进发。

第三部分

影响幸福观念形成的因素

第六章 信念和价值观

为什么我们会走入思维的误区

我们之所以会走入思维的误区，就是因为信念和价值观出了问题，觉得自己这辈子很难获得幸福，觉得自己不值得被爱。

信念是船，价值观是桨。桨动了，船才会行驶，桨改变了方向和速度，船的航线也会随之改变。所以说，信念是为了实现价值观，价值观是为了支撑信念，两者并无矛盾，前者更多地表现在对结果的追求上，后者更多地体现在过程的执行中。

拿婚姻举例，浅显易懂的理解就是：你和另一半发誓要执子之手，与子偕老，这就是在一起的信念。决定你们能否真正和谐地在一起的是生活里的柴米油盐，这就是价值观。如果你们在柴米油盐的问题上产生了巨大的分歧，威胁到了在一起的约定时，就有离婚的危险。

信念是你对某个观点、想法的坚持和认可。它代表着你的主观意识，你相信你可以做到某件事，信念就被允许存在，或者坚信自己做不到，它也可以被禁止。同样一件事，同样的环境下,两个人的信念不同,产生的结果也往往不同。

而对于价值观,你可能觉得听起来很抽象,和一个人的行动改变有什么关系呢?

当然有关系。举个例子,如果你身边有朋友想减肥,你不妨多问他几个为什么。比如:

你为什么要减肥?因为我想变好看。

你为什么想变好看?因为变好看会有更多人喜欢我。

你为什么想要这么多人的喜欢?因为这样我更可能挑到一个好伴侣。

你为什么想挑一个好伴侣?因为我害怕孤独,想要长久的陪伴。

即使看上去很简单的一个行动,连续追问几个为什么,深入思考之后,你会发现行动背后的真正动机是什么,动机背后所依靠的价值观又是什么。人要做出某种自我决定的行动,必然会在内心经历某种取舍和选择,而价值观是你对世间万物到底有多少价值的看法,是那个一直影响着你做出改变、做出选择的底层驱动力。

清晰认识自己的价值观

所以,通常人在面临重大选择时,最能够体现他的价值观。因为选择的背后,是他对不同的选项进行优先级的比较和排序。不过,我发现,虽然每个人都有自己的价值观,但并不是每个人都清楚地了解自己的价值观。所以生活中有些人,总认为自己得不到的那些才是最重要的,他们总想跟别人比,这也是他们不幸福的原因之一。

选择了在老家当老师、做公务员的安稳,却又羡慕在大城市打拼的朋友能赚更多的钱,过更有意思的生活;选择了深耕于内容创作的人,又想跟专业做市场的比谁更擅长做销售。结果就是比来比去,永远对自己的现状不满足,也永远不知道自己该往哪个方向走。

在心理学上,有一个非常著名的方法,叫作"沉船练习",它能够帮助我们探索内心的价值观。想象你把你人生中所有重要的东西都带在一艘船上,这艘船忽然漏水了,你必须把某些东西给扔下去,否则这艘船会沉没,便一无所有。那么,这时候你首先会扔掉什么呢?

你可能先把一些外在的东西扔掉,随后可能是工作、友谊,然后是健康、才能,最后可能连家人也要扔掉,甚至家人里面你还要选择先扔掉谁。经常有人做沉船练习的时候会痛哭流涕,因为这是用一个很极端的方法,来逼你进行价值观排序。

对自己的价值观有清晰认识的人,在面临人生重要选择时,就不会慌忙。如果你想提升你的认知模式,让自己的生命更有品质,请关注"苔米心理"的公众号,获得更多的对信念和价值观的了解。

第七章 价值观的形成

"价值观"是什么

"价值观"这个词对于我们来说并不陌生，生活中当我们与他人的意见产生分歧，观念不同时，我们常将其解释为"价值观不同"。

前段时间，某次闲聊与朋友聊起一个话题——现代社会很多男士表示，不想主动追求女人，这是为什么？朋友 A 的观点是："我认为好的爱情是相互吸引而来的，而不是靠谁主动追求谁，如果是两个同频的人，自然而然会走到一起。"朋友 B 则表示现在"我的生活很充实，有很多热爱的事物，我认为我现阶段没有时间去谈恋爱，我也不想分散我的精力，一个人的生活也很快乐呀。"

由此可见，价值观不同，对人和事的认识和评价就不同。

那么我们真正了解"价值观"吗？我们究竟应该如何定义价值观，它又对我们生活产生了什么影响呢？

通常来讲，追寻我们认为有价值的目标，这个目标就被称为"价值观"。

伟大的美国发明家托马斯·爱迪生，在试验改进电灯时，失败了上万次，朋友和家人都不看好他，离开了他，认为他是疯子，他们认为一件事情失败了那么多次还在做的人，一定是精神有问题的。可是他的背后呢？是坚持，是信心、是勤奋和刻苦成就了他，也是因为他确定找到了自己的目标。

寻找目标，需要听取自己内心真挚的呼唤。

在我们追寻一个目标时，我们自然而然会选择我们个人认为最有价值的目标。显然，既然说是"个人认为有价值"的，那由于个体不同，所产生的目标也会不同，价值观自然也就因人而异了。

根据施瓦兹在2002年的研究，他分出两类不同目标的人，分别是"最大化主义者"和"满足主义者"。

"最大化主义者"中的"最大化"，指的是利益最大化，例如："用最低的价格购买自己想要的产品"，得到最大的利益收获，就是他们的目标。

而"满足主义者"的目标，则是做出令自己满意的选择，更在意心灵上的满足。

我们简单拿买车来举例说明，最大化者可能会在几个购车网站，收集喜欢的那款车的资料，例如车型，颜色，油耗，引擎类型等等，找出最适合自己，最优选的方案，甚至还会到车行试驾两小时。就好像有些人买衣服之前会在网站上看好颜色和款式，但不会立即下单，而是去实体店试过这件衣服的款式，并与网站上的价格进行对比之后，才会选择最优惠的渠道去购买。

而满足主义者或许在几家车行进行简单的对比之后，就会以最低价购入自己喜欢的车。

研究表明，"最大化主义者"收获更大，得益更多，然而决策时往往需要更长时间，权衡利弊之后才慎重地做出选择，然而有趣的是，他们虽然看上去做了更对的选择，对于生活的满意程度往往却是低于"满足主义者"的。例如前面我举出的买车的例子，最大化主义者虽然以最佳方案买到了车，但之后可能还会产生怀疑售后服务，寄送能否到位，价格能否更便宜等想法，对购物的满意程度反而下降了。

当然，人和事情具有复杂化和多样性，不会存在某种单一属性，最大化主义者和满足主义者，这两个属性我们也可能同时具备，或者说两者之间，我们更加倾向哪一个。比如碰到比较紧急的时候，我们可能会无意识偏向某一个选择。

由此可见，价值观在我们生活中的作用不容小觑，它影响我们对事情的决断和处理问题的方式，甚至对我们的生活满意指数起到直接作用。

明确你的"价值观"

价值观的重要性相信大家都十分了解，价值观是我们日常行事的准则，当我们顺应自己的价值观行事，会感到公正和安全，反之则会感到不安。我们也通过表达自己的价值观，使他人了解到我们是怎样的人，我们在意的是什么。在团体中，价值观的作用同样也不容忽视。确立共同的价值观，不仅可以帮助我们判断自己是否适合这个团体，也可以避免很多因观念不同而产生的分歧。

事实上，只要我们明确了价值观的定义，深刻地思考过价值观的顺序之后，应该怎样做决定，方向如何，就很明确了。

那么你的价值观又是怎么样的呢？你是否对自己的价值观有清楚的认知？

在我们思考"我的价值观是什么"这个问题时，我们不妨想想，在你的印象中，最令你崇拜或钦佩的人和事有哪些，他们又分别有哪些特点呢？是诚实、独立、友好，或是忠诚、毅力，又或是社会地位、学习能力呢？

你钦佩的这些特征或许并没有发生在你自己的身上，但这并不妨碍它们影响着你的价值观。

而我们所说的价值观的不同，实际就是我们对钦佩的特征排序的不同，每一个人都有属于自己的一个价值观体系排序。

仔细想一想，对你来说，什么是最重要的，什么是次重要的，什么是次次重要的？请按顺序排位。

在此之前为了更好地帮助我们构建价值观体系，我们应该明确三点：

第一，价值观必须是由自己主控或发起的，不应受他人影响。我有位朋友，一会儿跟我说她今天很烦躁，一会儿又说她心情还好。我问她："你心情还好的定义是什么呢？"她说："要是我男友今天发了问候，我就很舒服；他要是一整天都没问候一下我，我就很烦躁。"原来她心情好的价值观是需要别人来支持和给予的，心情的好与坏都是被别人定义的。如果她说："如果我每天都给男友打个电话，我就很开心。"这样，事情就容易多了。只要自己愿意，便可以拥有。所以你价值观的条件，必须是由你自己主控的。很多人不快乐，有很多的烦恼，就是因为他们的价值观需要别人来配合。

第二，价值观并不等同于"态度"。态度更多地体现在具体的事和想法上，价值观则多数为抽象化的，理想化的思考。我们的价值观决定了我们处世的态度，而我们的处世态度又反映了我们自身的价值观。这就好比行为和行为准则的关系，一个是标准规则，一个是具体行为，当然这个行为是根据标准规则来实施的。

第三，价值观不等同"规范"。价值观通常体现在我们的自然行为中，它是个人化的、是自愿的。行为动机出自真实的自己，而规范则往往用于受制的，被迫的行为。规范是人类为了社会共同生活的需要，在社会互动过程中衍生出来，相习成风，约定俗成，或者由人们共同制定并明确施行的，其本质是对社会关系的反映，也是社会关系的具体化。

价值观驱动我们改变

张朝阳这个名字大家应该并不陌生，他作为中国最早的一批互联网创业者，一手创办了如今的搜狐公司。

张朝阳是一个十分有目标，好胜心极强的人，甚至当年他在清华念书的时候，如果没有考第一就惩罚自己去冬泳。这种异于常人的好胜心，促使他在事业上取得成功，成为当时风光无限的互联网大佬,然而也正是这种过分的好胜心,让他在之后遭遇瓶颈时,一时间变得一蹶不振。

有一段时间,张朝阳一度产生抑郁的情绪,但他没有放弃自我治疗,他通过瑜伽、登山等运动来缓解自己的抑郁情绪,并自学了行为心理学。在一次采访中,张朝阳分享了自己学习行为心理学并治愈自己的心得。

他认为自己的改变,是一种价值观上的改变,他之前的观点是"做好了就是有本事,没干好就是窝囊废"功利主义的思想,现在,他的价值观变成了"对自己人生角色的负责任和尽本分"。

当一个焦虑想法产生的时候,人们通常可能会想要去克服焦虑,或者抑制这种情绪。张朝阳却认为,正确的做法是,接受这种焦虑,然后回到现实中,去看自己接下来应该做什么。

他认为:当把目标聚焦在自己存在的意义,或者说,要活一个说法的时候,人就会在某种正向的价值观的驱动下,去完成自己的使命。在这个过程中,痛苦、焦虑都会渐渐减少,你将会得到一种精神上的愉悦以及满足。

以正向价值观为导向,可以在我们人生成长的道路上做出更优、更明智的选择,让我们更清晰地看待自己,认识世界,找到自己的人生定位。

对价值观影响最深的是什么

那么,对一个人来说,价值观的形成,受什么影响最深呢?

我们经常会听到这么一句话:"要教孩子树立正确的价值观。"听上去好像价值观是理性而外显的、是靠教育传授就可以树立的东西。但其实人的决策往往受情感的影响。

你可能也遇到过很多这种情况,当你面临一个困难或者选择,向别人求助时,别人再怎么设身处地地给你想对策、指明路,你都会觉得:"你虽然说得挺有道理的,但你不是我,解决不了我的问题。"这个世界上有无数种价值观,当你在情感上认定了某一种后,你的大脑会无意识地启动理性思维来寻找理论和依据,别人的情感和你不一样,因此他们的理论和依据经常会被你所排斥。

价值观的形成不是依靠简单的理性计算,它还包含了一个巨大的情感内核。越是那些对你来说重要的人生选择,越是依靠情感内核起作用。

深刻的情感记忆

这里所说的情感内核,往往和你过去反复经历的、深入你内心的情感记忆有关。我有个学友,她对朋友格外用心。朋友生病了,就算半夜打电话给她,她也会毫不犹豫打车过去照顾;朋友家装修房子,缺个看管的人,她会放弃休息时间帮忙操持,丝毫不嫌麻烦。有时候我都觉得她为朋友们付出太多,但她做的一切并不会给人留下故意讨好的感觉,反而十分真诚。

她经常挂在嘴边的一句话是:做人最重要的是讲义气。开始我很好奇,看上去斯斯文文的女孩子,怎么说起话来跟江湖人士一样。我好奇地问过她，她笑着说她喜欢金庸的《笑傲江湖》，不但看了书，还把所有版本的电视剧看了，最喜欢的人物是令狐冲，大概是受这个角色影响比较深吧。

可是在我看来，受过的教育、接触过的信息输入往往只能起到点拨的作用，如果能对人的价值观产生深远影响，那么它往往跟这个人内心深处的情感记忆高度契合。

后来我了解到，她在小时候经历了一段很艰难的时期。父母长年累月吵架，最终在她初一的时候离婚，她跟了父亲。不久后，父母各自又成立了新家庭，没过两年继母也怀了孩子。在新的家庭里，虽然衣食无忧，但她发现自己越来越像个外人，只不过是父亲和母亲出于义务接济的一个对象，任何与物质无关的需求，都无法再跟父母开口。

在她还不能适应的那几年里，是各种朋友给了她情感支持，有来自同一个小区里的朋友，有从同学中发展出来的朋友，还有通过朋友认识的朋友。在她需要倾诉、陪伴、支持的时候，父母总是缺席，但朋友们总是在场。只有友谊，既不需要独占又可以长久。

所以，与其说把友谊放在第一位的价值观，是她从令狐冲身上学的，不如说是她这样的情感记忆，让她选择了去欣赏令狐冲，选择了去认可"讲义气最重要"。

第四部分

影响生命幸福的力量

第八章　个人情绪的力量

学会了解你的情绪

在生活中，我们不可避免地会根据当下的情境产生各种各样的情绪。情绪是人内在的感受外在的表达，我们通常会用肢体、语言、动作、态度、声音来进行外在表达。当你愉悦时，你会放声大笑，甚至高兴得蹦起来；当你愤怒时，你会吹胡子瞪眼睛，甚至拍桌子；当你难过时，你会泪流满面，不爱说话了。

婴儿一出生就会哭，其原因不仅是在学习呼吸，还有对来到世界这个新环境的不适和恐惧。这是我们与生俱来的技能，并且会伴随我们一生。

情绪通常会带有个人色彩，同一件事情，每个人对事情的主观认知不同，表现出来的情绪大相径庭，最终的结果自然也不同，这就和第二、第四章提到的内容有关了。

我们生活在一个色彩缤纷的世界里，在设计师的眼中，千变万化的颜色是有灵魂的，是无声的语言，能感染人们的情绪。

心理学家对此曾做过许多实验。他们发现，在红色的环境中，人的情绪会激情澎湃、热情高涨；而在蓝色的环境中，情绪较为平稳冷静、感觉舒适。现在我们可以思考一下你喜欢的颜色是什么？可以利用色彩来影响、调节和控制自己的情绪。

《辞海》里这样说道："心境，心情也。心境之好，使人悦，催人奋进；心境之坏，使人颓丧，茫然无措。"心境是一种微弱、平静、持续时间很长的情绪状态。当一个人处于持续的健康情绪中时，心境自然而平和，他的整体心理状况也会是积极向上的。

但面对高压力的工作、各种琐碎的事务，生活的点点滴滴都很容易让我们情绪波动，很难做到保持心境的平稳，就像天气一样，上一秒也许晴空万里，不一会就狂风暴雨。这种不正常的情绪会引发多种疾病，还会给我们的生活、工作等带来不良的影响。

对于情绪，简单地说，情绪主要是由以下三部分组成的：

1. 对外界事物的认知评价。
2. 人们体验到的主观感情。
3. 身体反应及行为的表达。

情绪就是多种认知、感受和行为综合产生的心理和生理状态，是大脑对客观外界事物与主体需求之间关系的反应，是以个体需要为中介的一种心理活动。

在中国文化中有不少关于描述情绪的词语，例如胆战心惊、心有余悸，形容非常害怕；例如忐忑不安、如坐针毡，形容非常焦虑；例如心旷神怡、心花怒放，形容心情舒畅十分高兴；

例如垂头丧气、唉声叹气，形容心情不好，情绪低落，等等。

一般根据我们的感受和行为可以将情绪分为两种：积极情绪、消极情绪。

积极情绪是一种正向的情绪体验，它能够创造幸福生活。人们通常对于积极情绪的理解有误区，认为只有喜悦才是积极情绪。

著名积极心理学家芭芭拉·弗雷德里克森通过几十年的情绪研究后，总结了日常生活中最常见的10种积极情绪，分别是：喜悦、感激、宁静、兴趣、希望、自豪、逗趣、激励、敬畏和爱。喜悦只是诸多积极情绪中的一种。

每一种情绪都有它存在的意义与价值，要么给予我们方向，要么给予我们力量，让我们在事情中有所学习，有所成长，指引我们如何使人生变得更好。因为我们害怕死亡，所以生命尤为可贵；因为我们不甘居于人下，所以发奋图强。一些消极情绪能帮助我们免于危险的伤害，产生学习的动力。积极情绪能帮助我们提升幸福水平，拥有更加健康的身体。

情绪没有好与坏，情绪所产生的行为结果却有好坏之分。这时情绪管理就发挥作用了。

如何管理情绪

有学员曾问我："老师，你认为人最重要的能力是什么？"

我回答道："管理情绪的能力。"

我们经常可以在新闻上看到很多发生在我们身边的惨案，

都是由于对负面情绪感到无能为力，被情绪牵着鼻子走而引发的，导致一件芝麻大小的事发展成令人唏嘘甚至觉得不可思议的社会新闻。

曾经，两个顾客在一个饭店里发生了口角，继而引发了两方家人和朋友之间的激烈打斗，场面很是惨烈，其后果不仅是造成了身体上的伤害，也造成了财产上的损失，还可能面临牢狱之灾。有的时候，双方根本不认识，原本没有多大的矛盾，可能原因只是因为一男子失恋心情不好，看到对面一桌在大笑便内心不爽，于是怒吼一声，另一桌也不服怒骂一声，结果就是拳脚相见。

江西九江，有一名22岁的女孩在与家人开车回江州过清明节的路上，与父亲发生了争执。最终，父亲的一句气话使女儿积攒了许久的怨念爆发了，她突然打开车门，爬上围栏，一头跳进了身后的滚滚长江，随即，追出去的父亲也跳了江。所幸结局是两人获救，但可见人们通常将暴躁的情绪毫无保留地展示给亲近的人，一旦情绪爆发时，更会在一气之下做出不可思议的伤害自己又伤害他人的举动。

作家狄更斯曾说："情绪心态之健全，比一百种智慧更有力量。"懂得控制自己情绪的人，才是拥有大智慧的人。其实，人与人之间的情商与智商差不了多少，智者总是善于控制情绪，他们不会做情绪的奴隶，而是做情绪的主人。所以请在情绪要爆发时，冷静一下，考虑一下后果，想一下值不值得，不急不躁地沉稳应对。情绪控制好了，生活才能经营好，幸福自然也会围绕你。

你是否听说过"野马效应"？非洲草原上有一种吸血蝙蝠，它们专门吸野马的血，而野马无法摆脱它们，从而造成许多野马被折磨致死。但其实，蝙蝠吸的血远远不足以让野马死亡。野马真正的死亡原因，是蝙蝠吸血时它们本身的过度反应，它们的暴怒和狂奔导致了它们的死亡。

拿破仑曾经说过："能控制好自己情绪的人，比能拿下一座城池的将军更加伟大。"可见情绪稳定是一个人极为重要的优秀品质，更是成功的关键。

通常人们处理自己的情绪有三种错误途径：

1. 忍气吞声

当我们感知到自己的情绪时，将痛苦、愤怒或某种情绪抑制住，不让它表现出来，导致有话不敢说，有气不敢撒，依然让自己处于困苦的环境中。

隐藏情绪最大的弊端便是容易造成抑郁，引起严重的健康问题。想到身边一个为人亲和的朋友，平日里一起聊天时，她总爱听别人侃侃而谈，听到某个深有感触的点，她也只会唉声叹气表示附议，问她什么，她却不说，喜欢憋在心里和自己较劲。我想她一定是个委曲求全的人。前段时间，她跟我吐槽说胸口闷，整晚失眠，月经不调，结果去医院检查，医生说她是由于内分泌不调导致的，还发现乳腺增生，长久下去则很有可能发展为乳腺癌，可见要保持好心情多么重要。

2. 肆意宣泄

当情绪来临时，毫无掩饰地释放出来，更有甚者会通过激烈的行动表达自己的情绪。

肆意发泄情绪不仅伤害自己，往往还会影响人际关系以及别人对你的看法。例如愤怒时，你会把别人当作出气筒，对他大吼大叫、谩骂指责，就像一个浑身带刺的刺猬，让人不敢靠近；你也会对自己宣泄，看见桌上的杯子就忍不住想摔、去拳击馆使出全力暴躁地打着沙袋，或是暴饮暴食，通过疯狂吃冰淇淋、蛋糕等甜食，分泌使人亢奋的多巴胺来刺激神经，又或者挥汗如雨地吃着超级辣的火锅，借由味觉的刺激来排解愁绪。

曾经有位学员带着她的女儿来找我咨询，明明正处于青春年华的女生，却在她身上看不到朝气蓬勃的模样，取而代之的是一脸的疲惫不堪。孩子自从上高中以来，学习压力逐渐变大，她开始拼命吃东西，特别是薯片，下了晚自习还要一口气吃两个汉堡。仅仅半个学期体重就猛增，这都是她无法用正确的方式来排解自己的压力与情绪惹的祸啊，其实孩子并不饿，只是想通过暴饮暴食来宣泄心中的压力和抑郁，实际上并不能解决问题，反而损害了身心健康。

3. 视而不见

明明感知到了情绪，却选择逃避，假装没看见，让自己忙碌起来不去想起有关的事情。

逃避情绪真的有用吗？你会发现，当我们强迫自己不去想它时，不知不觉陷入了与感受进行斗争的怪圈中，你越想忽视情绪，情绪就会越激烈地发作，就算你的大脑能很好地配合，用极端的行为让自己分心驱散了情绪，难道这些情绪就不会卷土重来吗？在晚间入睡时，那些困扰的事情和情绪是"才下眉头，却上心头"，将你引入流沙般的情绪陷阱里，越逃离，陷得越深，接下来你就会一整晚都失眠。

当你沉浸在喝酒、打游戏、刷卡购物、拼命工作等行为中时，你在试图转移自己的注意力来逃避情绪。在我印象中的王哥俨然是一个挂着微笑、穿着整齐、谈吐不凡的成功人士，上次见面他一反常态地独自坐着，手里拿着一杯快喝完的酒，不一会又见他满上了一杯，嘴里还嘟囔着："喝醉了就能一觉睡到天亮了吧。"我想他那酩酊大醉后的平静和放松，是因为暂时找到了逃避情绪的办法吧，但现实中的烦恼会在他酒劲过后死灰复燃，一同带来的还有酗酒的后遗症，剧烈的头痛又进一步刺激了他想逃避的想法，一旦进入恶性循环只会加剧情绪失控。

这三种常见的处理情绪的办法，我想大家一定都用过，却都没有明显效果。

这就是控制情绪的两难之处，但情绪从来都不是问题，也从来都不是洪水猛兽，你觉得可怕，是因为控制不了情绪，你想成为一个胆小鬼，懦弱地逃避它；或是成为一名刺客，气愤地斩杀它，目的就是让情绪消失。没有了喜怒哀乐的感受，失去了酸甜苦辣的经历，你的人生也就没有了意义，那结果一定是不会幸福的。

你要知道情绪是生命不可分割的一部分，是内在的感受通过外在表达出来的东西而已，很多家长对于孩子突如其来的情绪束手无策，他们对孩子的情绪加以训斥，让孩子把情绪塞回去，这是错误的做法。如果你非要把情绪看作是一匹烈马，那为何不想着如何去驯服它，驾驭它，妥善运用它呢？当你成为情绪的主人时，才能驰骋千里，人生才会变得更美满。

那么如何正确地管理情绪呢？我们要对情绪进行有效疏导、适度控制，将它合理化。

☆ **观察情绪**

首先我们要学会观察自己的情绪，发现并察觉到情绪的变化，才能更好地管理它。越是最基本的情绪，越难控制，当你后知后觉时，可能就已经产生了冲动的行为。

我们可以从三个方面观察自己的情绪。

第一，注意外界事物：你的认知系统会自动评价外界事物带给你的感情色彩，你可以问问自己：到底发生了什么，触发到了自己的情绪？

第二，觉察内心感受：情绪来临时，你的心理状态势必会发生改变。例如当男友做错事时，他会问你是不是生气了，你可能觉得没必要跟他斤斤计较，会口是心非地回答没有生气。另一种情况，你是真的没有生气，只是郁闷，或者是伤心，你无法确定自己到底是哪种情绪，那我们可以先简单地把感受分为舒服和不舒服，我们可以觉察到自己现在是否处于不舒服的状态了。

第三，发现生理变化：情绪通常伴随着强烈的生理现象，例如，紧张时会心跳加速，想上厕所；害怕时会汗毛竖起，闭上眼睛；等等。身体是灵魂的居所，是心灵的镜子，它是真实且无法控制的。如果你压制了某种情绪，将它塞回了潜意识里，就算无法用语言来表达，情绪也会通过身体来传达信息。

☆ **接纳情绪**

真正的接纳情绪是不回避、不评判，能够允许、包容并感受情绪的存在，你可以不喜欢你的情绪，但你不能要求它消失。就像如果你讨厌同桌，但没道理让他转学呀。

经常有学员向我提出这样的问题："我是一个乐观的人，励志教育的课程我都去听，可是我还是经常被烦恼纠缠着，搅得我心神不定，这是为什么？"

从古至今，人们都习惯于做最坏的打算，这是生存法则，也使得大脑更偏向于负面情绪，容易忽视生活中的美好，对于痛苦的事物倒是记忆深刻。从自身来看，则是你没有接纳负面情绪。你通过门上的猫眼观察到了积极情绪和消极情绪，你说自己乐观，是因为你悄悄打开了一条缝，让积极情绪钻进来了，可你时常烦躁，是因为你没有给消极情绪开门，你又害怕它会如强盗般撬开门伤害自己，于是心中惶恐、忐忑不安。

有的人说道："遇见烦心事就会失眠，而且越让自己不去想，想的就越多，躲都躲不过去，真是心烦。这是怎么回事呢？"

这个问题就让哈佛大学的心理学家丹尼尔·韦纳的实验来回答。在20世纪80年代中期，丹尼尔在一本心理学杂志上偶然看到了一句奇怪却具有启发性的话："一旦你给自己设定了不去想北极熊的任务，你就会发现北极熊每时每刻都会出现在你的脑海里。"于是丹尼尔认真思虑后便开始付诸实践，看看北极熊的到访是否是不可抗拒的。

他邀请参加实验的志愿者们分别坐在不同的房间里,告诉他们,"你可以想任何事情,但是你不能想北极熊。每次想到北极熊,你就得按铃。"几分钟之内,刺耳的电铃声不断传来,证实了那个观点——你越是压抑一种思想,它就会越顽固地出现在你脑海中。

通过实验结果,可见消极情绪出现时,越压制反而会增加你的痛苦,也许你会对自己的大脑说:"快点消失吧,快点闭嘴吧,我不想再痛苦了。"你尝试说服大脑或与大脑斗争,可并没有什么作用。现在我告诉你,放开你的手,展开你的心,平静轻松地去面对就可以了。其实接受大脑,接纳情绪才是最有效的策略。

在接纳情绪的过程中,人们往往会走进误区——完全沉浸在情绪中。

例如学员小林最近失恋了,她接纳了自己悲伤的情绪,没有故作坚强,没有逃避,但是整日都以泪洗面,一直使自己沉浸在痛苦中,不是在哭就是在发呆,什么事情也不做。可见接纳自己的情绪不等于沉溺在情绪中。再比如对于接纳孩子的情绪,学员张娜因为没给儿子买玩具车,儿子有情绪了,于是坐在地上哭闹,张娜没有否定孩子的情绪,也没有制止孩子的行为,可儿子还把手中的杯子摔向她。我们可以允许孩子有情绪,但不意味着允许孩子无理取闹地摔东西,让孩子"体验"在发脾气的情绪中,要知道接纳情绪不等于纵容情绪,应该去引导孩子和你沟通。

☆ **释放情绪**

先说说一些释放情绪的先天方法。

1. 哭是释放情绪的本能

通过哭泣,我们能够缓解压力,宣泄情绪,特别是对于长期处于焦虑、压抑的人来说,哭泣可以使他更快地获得平静,因为哭泣时人体会释放肾上腺素和去甲肾上腺素,这两种激素有缓解痛苦和紧张的作用,从而使你保持安静、愉悦的心情。

适当哭泣还利于身心健康。一个人压力越大,身体积累的毒素越多,如果不能及时排出的话,抵抗力就会下降,从而出现头疼、感冒等症状。中国古话常说:"男儿有泪不轻弹。"男人树立着顶天立地、无坚不摧的形象,但其实哭并不代表懦弱、无能。哭是人类释放不良情绪的一种本能。研究表明,女性通常比男性长寿,其原因之一便是女性更爱倾诉和哭泣。但频繁哭泣会适得其反,引发结膜炎、角膜炎以及抑郁情绪。我们可以给自己定一个时间,例如留一首歌的时间,找一个安静的角落哭泣。

2. 笑是释放情绪的良方

人在笑的时候,面部到腹部约有 80 块肌肉参与运动,嘴角向上提拉,下颚下移,胸肌得到扩张,促进了我们的肺部呼吸功能和血液循环,缓解了肌肉紧张,使身体处于自然放松的状态。

在一次"爱家幸福课"上,一位学员就跟我们分享道,她和老公很难真正吵得不可开交，其原因就是她时常吵着吵着就笑起来了。我想很多情侣或夫妻都经历过，刚开始你是真的很生气，甚至觉得对方或自己在无理取闹，上一秒还在不甘示弱地争辩，可下一秒的微笑却打破了原本紧张严肃、僵持到冰点的气氛。也许是看到对方笑了，你也不自觉地跟着笑了；也许是你突然觉得他委屈的蠢样子十分可爱，忍不住笑起来，这时，你生气或委屈的情绪都被驱散了。

在顺境中笑，是美好生活的写照，是幸福加倍的表现；在逆境中笑，更是积极乐观的象征，是超越自己的武器。现在，你可以拿起一面镜子，请忘记不开心的事物，放下积攒很久的压力，这一刻，就专注地欣赏自己微笑时的美丽模样吧。

3. 吼叫也能释放情绪

你可能会惊讶，吼叫不是在肆意宣泄情绪吗？这样的释放是否正确呢？所以吼叫要适度，也要分场合，不等于没有节制地发脾气。

在我们的"情绪管理课"上，我通常会让学员通过吼叫释放情绪，性格内敛点的学员不知道说什么，可能会大喊"啊"，性格张扬点的学员就会大声说着："我想要 / 我很讨厌你……"这是一种语言暗示，将闷在心里的苦恼通过声音表达出来，能有效快速地释放自己的情绪，当然一定要在不影响他人的情况下进行，也可以选择爬爬山，在欣赏美丽的日出或夕阳时，在山顶对天呼叫，说出你的心事。

现在，我再告诉大家一些释放情绪的后天方法。

1. 来一场大汗淋漓的运动吧

研究表明，长期保持运动习惯的人，患抑郁的风险远低于普通人。运动时产生的多巴胺和内啡肽，可以提振精神，从而调节情绪，也许在一场大汗淋漓后，你就会突然内心清明，想要重新开始。

我们可以选择跑步、打网球、玩滑板、骑单车、打高尔夫等运动，或者看着网上的健身直播，一边听着动感音乐一边跳减肥操。强身健体的同时还能释放情绪，何乐而不为呢？

我们公司的设计师是瑜伽达人，问她最近怎么身材越来越好了，她回答道，就是平时下班后没事就去健身房练练瑜伽。瑜珈是一项关于身体、心灵以及精神的练习，能够通过活动身体、调整呼吸来改变心性，达到治愈身心和释放情绪的作用。你会发现经常练习瑜伽的她，说话语气温婉柔和，情绪也比常人稳定。

2. 做一些享受生活的事情吧

每个人喜欢做的事不同，释放情绪的方法自然也不同。对我来说，闲暇时在后院里种种菜，给自己的菜苗浇水、施肥、剪枝，看着它们像孩子一样一天一个样地长壮，从破泥土到发新芽，再到挂果蔬，眼前满园的绿色让我心旷神怡，宁静惬意的生活气息让我感受到了心灵得以喘息的平和，以及情绪得以抚慰的释放。前段时间我也在朋友圈里分享了我的喜悦，那就是经过努力栽培，我播种的冬瓜已经成熟了。如今，能有个院子种菜逐渐成为很多人向往的生活和人生的追求，这也是舒缓情绪的方式之一。

3. 睡一觉何尝不可呢

有些人释放情绪的方法可能是倒头睡一觉。特别是对于当代年轻人来说，吃饭、睡觉、打游戏是人生的三大乐事。当你睡眠不足，没有得到良好的休息时，身心会处于疲惫状态，更容易产生负面情绪。当你好好睡一觉时，你的关节和肌肉处于松弛状态，各器官也得到了休息，而且白天受到压抑的潜意识也可以通过梦境得到释放，可以在虚无缥缈的故事里宣泄着不满，从而缓解了心理压力，调节了自己的情绪。研究表明，催眠疗法能将人诱导进入一种特殊的意识状态，有效地改善情绪问题、治疗抑郁症。所以睡一觉也是提升幸福感的方法之一。你也可以在睡觉前洗个热水澡，当热水包裹疲惫的身躯，沾染了一天的灰尘与烦恼也随之冲走，让你的肌肉放松，内心平静。

4. 做一下身心合一的冥想练习吧

比起睡觉，冥想是更有意识地让自己回归平静。在我的课堂上，几乎每次都会用到冥想，不会占用很长的时间，五分钟就可以了，目的是让学员集中精神、放松身心，将意识留在当下，不再为过去而烦躁，也不再因未来而焦虑，可以更清晰地掌控自己的内心。通常，我会让助教先打开加湿器，倒入精油，通过鼻子吸入来打开感官，这也属于芳香疗法。然后播放一些宁静、舒缓的音乐，例如持续不断的流水声。让学员们闭上眼睛盘腿而坐，双手自然下垂搭在膝盖上，有规律地呼吸，再慢慢地吐气。此时，我还会说着一些引导词，帮助学员们更专注地冥想。冥想练习可以让我们的左脑平静，并有意识地倾听右脑的声音,左右脑想法的分离使你站在第三视角上,更加理性地思考问题,去除杂念地解决问题。

如果你也想加入我们的课程,和大家一起做冥想练习,想对情绪有更多的了解,请你关注"苍米心理"的公众号,我们会为广大的心理学爱好者提供更优质、专业的培训服务。

5. 记录下生活中的幸与不幸

如今,很多人闲暇时都会习惯性地打开朋友圈刷一刷,这个下意识的动作也彰显了大部分人的生活常态——发朋友圈。通过手机上的键盘,敲打出描述当下状态的文字,搭配上美丽的照片或吐槽的表情包,来记录生活中的点点滴滴,将幸福分享出去,或用自我调侃的语气将不幸倾诉出去,这也是一种释放情绪的方法。随着收获了一个又一个的点赞,你的快乐逐渐被放大。同样,随着一句又一句的评论以及时间的推移,你的烦恼与压力逐渐消失。一个星期之后,再次翻开自己的朋友圈,有些已经忘怀的人又开始思考自己当时为什么会产生这样的情绪,有些内敛的人看到当时那个多愁善感的自己,羞耻心油然而生,这些琐事也许会被人遗忘,但会成为自己记录生活和观察情绪的财富。因为在记录事情的同时,也给了自己缓冲情绪的时间,使你更理性地梳理事情的经过和情绪的变化。写日记和发视频号也是记录的方法之一。

6. 胃和精神总要满足一个吧

当胃得到满足时,你的情绪也会得到释放。对于肉食爱好者来说,没有什么是一顿烤肉解决不了的问题,裹着微焦的孜然肉香在你的唇齿间迸发时,烦恼瞬间烟消云散;对于甜食爱好者来说，那苦中带甜的巧克力在舌尖渐渐融化时，忧愁早已不见身影。胃满足了，心灵就治愈了，这就是美食的魅力。当然暴饮暴食会起到反作用。

书作为精神食粮，也是释放情绪的特效药。每次出差我的背包里总会放一本书，这也是多年来的习惯，无论在动车上或是酒店里，闲暇时我都会安静地翻看一会，给自己充充电。而在省内出差，我最喜欢去的地方就是恩施，因为高铁时间大约4个小时，我有足够的时间慢慢阅读。每晚睡觉前给小儿子读完绘本后，我也会留时间自己看会书，不需要刻意去读多少，而是给自己的内心造一片世外桃源，让一天的负面情绪得到释放。你可以列下一个书单，定下一个小目标，例如一周或一个月看一本书都是可以的。多读些书会让你受益匪浅，兴许书中的某一句话能给予你新的感悟，点亮你的人生，书中的故事或经验能开阔你的眼界，让你变得更加坚定强大。你可以观察身边书读得多的人，他们往往不那么容易生气，不会轻易受到他人的影响，遇到问题时脑海中早已有了应对的方法，自然少了如无头苍蝇般的不知所措和烦躁情绪。读书，读的是书，看的是自己，这是一个不断学习，缓解压力，和幸福不期而遇的过程。

☆ **应对情绪**

应对便是采取措施的意思。情绪与你的认知评价有关，它就像是一把隔绝你和负面情绪的锁，如果你不改变自己的思维模式，不去解决问题，不从根源应对你的情绪，那么愤怒、悲伤、焦虑就已经掌握了你的情绪密码，再次推门而入，若你改变了认知，就好比换了一把新锁，负面情绪就被拦在了门外。

在观察情绪的那一步中，我们便开始问自己："到底发生了什么，触发到了自己的情绪？"寻求了答案过后便是解决问题。同样的事情发生在不同人身上，解决的办法不同，情绪的表现也有所不同。例如，小 A 下班后走到车站，却看到公交车刚刚开走，心中十分郁闷，在等车的时候她又在心中责怪同事非要让她做报表，才导致自己下班晚了赶不上车，于是小 A 越想越烦躁，回家后看到孩子没写作业，于是火冒三丈地把孩子吼了一通。

让我们看看小 C 会怎么处理这件事呢，小 C 看到公交车开走后，不紧不慢地坐在站台的椅子上，一边耳机里放着喜欢的音乐，一边拍下了斑斓的晚霞和落日的余晖，内心感叹着今天不仅完成好了工作，还看到了比平日更美的夕阳，不一会公交车又来了，在车上她思考着文案，配上天空的美照发了条朋友圈。回家后看到孩子没写作业，原来是坐在电视机前看《动物世界》，于是小 C 也坐到孩子身边，一边陪他看一边回答各种奇怪的问题，并表示如果儿子这个星期的作业都完成得很好，周末就带他去动物园，于是儿子十分积极认真地回房写作业了。

可见看问题的角度影响着我们的情绪，试着引导自己换个思维，改变认知，问问自己："如果重新来过，你怎么做会让事情更美好？"如果你将关注点一直盯在让自己不如意的事情上，原本无关紧要的事就会逐渐扩张。而当你改变认知时，就能大事化小，小事化无。既然这条路只会放大情绪，何不换个赛道解决问题呢？不断提升自己的思维处理能力，不断发现美好的事物一定会帮你解决情绪问题的。

情绪的"踢狗效应"

　　生活中很多的小事情往往是情绪产生的原因。有的小事情可以置人于死地，而有的小事情则可以挽救生命。小事情的好坏，关键就看这小事情所引起的情绪是正面的还是负面的，而我们又是否能够妥善地处理好产生的情绪。而由小事情引起的负面情绪则可能造成一系列的不良反应。

　　梅林在单位被领导训了一顿，心里很恼火，回家冲妻子发了脾气。妻子无缘由地被训，也很生气，就摔门而去。走在街上，一条宠物狗拦住了她的去路，"汪汪"狂吠。妻子更生气了，就一脚踢过去。小狗突然挨踢，狂奔而去，路过一个老人面前，把老人吓了一跳。正巧这位老人有心脏病，被突然冲出来的小狗一吓，当场心脏病发作，不治身亡。一个人不良情绪的发泄，竟然导致一位老人的丧生，说起来似乎是天方夜谭，但现实生活中却有着不乏实例的"踢狗效应"。

　　2020年，某中学初三学生，因上课与同学玩扑克牌被班主任请家长，事后我们通过网络上的监控视频，可以看到其母亲在学校连廊上当众打了孩子一记耳光，对其大声批评。最终，孩子乘人不备时选择了跳楼，不治身亡。母亲由于孩子不好好上课而生气，却忽略了青春期孩子的自尊与叛逆，语言的暴力和示众式的羞辱使孩子尊严被践踏，世界崩塌了，孩子在一气之下也做出了极端的行为。错误的教育方法成为易燃易爆的负面情绪的导火线，孩子的自杀是他无法面对的解脱，是对父母怨恨的无声报复。

所以负面情绪带来的连锁反应，可能会让人悔恨终生。

悲观情绪是你幸福的障碍

有些人会苦恼为什么相爱的人却不能在一起，有些人会抱怨一代不如一代，他们眼中的生活越来越糟糕，但其实世界没有变，依旧美好，只是他们给自己加了一层灰色的滤镜，看待这个世界的眼光变得更加犀利了。

就像当我们在公园漫步时，感受到的是春天的生机盎然，看到美丽的花朵，会赞不绝口、心情愉悦。而悲观的人想的却是这些花都终将枯萎，甚至会联想到自己的容颜也会渐渐老去，不再美丽。对于悲观者来说，一根稻草就能将他压死，一个打击就能让他失去希望。

低迷颓废是悲观者的常态，如果你身边有悲观情绪的朋友，你可能会形容她"矫情、无病呻吟、爱挑毛病"，对她说得最多的两句话就是："你想开一点嘛！"或是"你要开心起来。"

产生悲观情绪是十分正常的一件事，那为什么会有悲观的情绪呢？原因有很多，主要是来自自我。正如英国作家萨克雷所说："生活就是一面镜子，你笑，它也笑；你哭，它也哭。"你的大脑成为终极否定者，遇到问题，第一反应就是"我不行""这个办法行不通""肯定没有结果的"。当你的大脑这样说时，你觉得自己就是不幸的，你看到的世界就是黑暗的。

你的大脑在规避风险，计算出各种可能性的结果，建起了一座叫"止损"的防御墙，使得你产生了消极评估。例如有些人可能抗拒坐飞机，他会缺乏安全感，置身高空会让他不安，他的大脑会想象出坠机的画面，这是悲观假设，而乐观假设则会安慰他，飞机出事故的概率相对于其他交通工具是很小的，和火车相比是1∶1000，是安全可靠的。悲观情绪的产生是因为大脑选择了悲观假设的预判，杜绝了这千分之一危险的靠近，当然两种假设都不是绝对准确的。

"我觉得我是一个不幸的人。"这是彤彤对自己的评价，她不像同龄人那般开朗活泼，她的头上好似顶着一片乌云，阴阴沉沉，下一刻就会打雷下雨。后来，她向我讲述道：幼时父母离异，使她总觉得同学和邻居在背后评论她，她喜欢一个人低着头走路，也很少主动和别人说话，因性格原因时常在班上被孤立，长这么大也没有结交到一个能谈天说地的朋友。到了大学，看到室友们每天活得有趣快乐，她也想改变，室友拉她一起去参加社团活动，她却感到自卑想要逃避。不久前有个男生追求她，虽然男生对她很好，她也十分心动，但她觉得自己没有什么值得别人喜欢的，在一起也没有结果。她的眼里总是看不到希望，做什么事都没有意义，"我只是一个来过这个世界的透明人。"她这样说道。

悲观情绪就是彤彤感受不到快乐的根源。颓丧消极，缺乏信心便是悲观的表现，就如同你的内心患了癌症，但你放弃了自救的希望，等待着死亡的到来。

站在一个旁观者的角度，我们会非常心疼彤彤的遭遇，怜惜她缺失父母关爱，怜惜她受到同学的排挤，等等。但彤彤并没有她想象得那么不幸，至少她有健全的体魄，有安稳的人生，唯独缺少了勇气——你不付出勇气如何交换难得的幸福呢？彤彤需要勇气向前迈一步，需要勇气与人交流，需要勇气相信自己值得被爱。

处理悲观情绪有"四个多"的小口诀，希望对大家有所帮助。

1. 多微笑

微笑是治疗悲观情绪的最好良药，你是否很久没有笑过，照照镜子，你会看到镜子里面那张苦瓜脸或者是扑克牌脸，你喜欢这样的自己吗？深呼吸，放轻松，多练习一下微笑吧，笑起来的你充满了朝气，多好看，改变从一个微笑开始！

2. 多关注美好

如果你把注意力盯在消极面上，你脑海中思考的永远都是："我怎么这么倒霉，我怎么这么惨，生活好难啊！"对于不好的事物你总是记忆犹新，忽视了身边的美好。忘记了同事给你买的咖啡，只记得他今天语气有些不好，你又联想自己是否惹到他了，是否这个方案没做好，开始怨天尤人，一步步陷入悲观情绪。我们可以试着去发现生活中的美好，寻找积极因素，其实生活中有很多的善意和风景可以打动我们的心，比如工作了一天身心疲惫，抬头看一下窗外，夕阳西下，天边那抹嫣红的晚霞值得拍一张照片，学会抱着一颗积极的心，去发现更多美好来治愈自己。日子纵然有些苦涩，也要寻找片刻的甜。

3. 多些勇气肯定自己

陷入悲观情绪的人们的世界里，天是灰蒙蒙的，乌云密布的，仿佛下一秒就会坍塌，那我们就要在天边撕开一道口子，让阳光照射进去。改变脑海中各种"不如意"的想法，树立光明的人生观。在生活中，不要经常讲"我不行"，要多说一些"我能行"，多一些积极暗示会对你有所帮助。这样，面临困难、挫折时，你的思想准备便逐渐充分，找到了支撑点后不再轻易逃避问题，而是选择坚持不懈，全力以赴地去争取，其实你比自己想象得强大。请记住"幸运的爱与勇者长相随"。

4. 多些幽默感

有幽默感的人，能轻松地克服厄运，排除随之而来的倒霉念头。有幽默感的人，能把生活里的事物和笑料联系在一起，面对不顺会用自嘲来消遣自己，增加生活的乐趣。例如，你会发现在职场上，非常善于用"幽默"的语言来处理一些事情的人总能引起同事甚至领导的注意。在同等条件下，他们有更多的机会得到晋升和重用。

其实人生就是由无数的悲观假设和乐观假设的赌注形成，也许追求彤彤的男生未来会伤害她，那么悲观情绪拯救了她；也许那个男生实则善良踏实是个良人，那么悲观情绪阻挡了她的幸福。

悲观情绪若得到合理运用，也能成为我们的朋友。

当以悲观结局为预期时，我们可以降低期待，并且根据悲观结局的预期提前做好计划和策略。从不接受和不行动变成努力避免负面结果的出现，发现悲观情绪积极的一面，将悲观假设转换成优势，使自己更有目标导向性，从而减少焦虑，多一分信心。即使失误发生了，提前打过预防针的你也更能直视失败，更快地从逆境中恢复过来。

扛过悲伤，迎接柳暗花明

悲伤在《心理学大辞典》上的定义是："人的原始情绪之一。因自己喜欢、热爱的对象遗失，或期望的东西幻灭而引起的一种伤心、难过的情绪体验。常伴有失眠、哭泣、难过、抑郁、食欲减退等身心反应。"

"寻寻觅觅，冷冷清清，凄凄惨惨戚戚。"《声声慢》中连用的七个叠词是李清照的悲伤，在这段时间中，李清照感慨国破家亡、丈夫离世，自己几经漂泊如浮萍孤苦无依，于是写出了自己所有词作中最为悲伤的一首词，刻画出了相当凄惨的境遇。

"相顾无言，惟有泪千行。"是苏轼思念亡妻的悲伤。

离开或是失去亲人，是不可避免的经历和生命中无法分割的一部分。

在我们开展的家庭教育指导师培训的班上，学员建国遭遇过两次不幸。第一次，他失去了家里的开心果——年仅五岁的大女儿；第二次，他失去了刚刚来到这个世界才五天的小女儿。接二连三的打击令建国和妻子备受折磨，两个人无论是身体状态还是精神状态都非常糟糕——吃不下，睡不着，感觉人生惨淡无望。他们想了很多办法希望能走出这种状态,结果发现吃安眠药也好,旅行也好,都无济于事。

最终,帮他们解决问题的是被忽视很久的儿子。一天下午,建国坐在客厅,儿子走上前询问能否为他拼一艘船。对儿子的这个请求,他不感兴趣,却抵不过孩子的纠缠,便根据说明书开始动手做船。整个过程花费了3个小时,其间建国一心一意地在脑海里构思着步骤,没有再去想那些伤心的事情。直到完工,他才发现这3个小时自己有多放松。

这一刻,建国恍若初醒,明白了如果自己忙着做一些费脑筋的工作,就很难再有心思去忧虑。帮儿子做船的3个小时,赶走了很久以来萦绕在心头的无尽忧虑,于是他决定以后让自己忙起来。

第二天,建国便查看了家里的所有房间,把需要修理的家具、门窗、水管、楼梯等逐一列了下来。在随后的一个月内,他竟然完成了大大小小、碎碎末末的几十件需要做的事。从此,他不断给自己安排活动,紧张忙碌的生活让他不再陷入悲伤的情绪中了。

心理学中有一个著名的定理:"不论一个人多聪明,都不可能在同一时间内想一件以上的事情。如果你不相信,请靠坐在椅子上闭起双眼,试着同时去想:你一会准备吃什么和你要处理哪些工作。"试着做一下,你会发现这两件事根本无法同时被思考,只能轮流想着吃什么或者工作要做的事情,一种思路一定会把另一种思路赶出去。

让自己一直忙着,是治愈你最快最有效的方法之一,能暂时帮你从自怨自艾中跳出来,从而面对现实,而不是每天在消极状态中沉沦。

但这只是治标的方法,如果长期用这种方式处理自己的哀伤,没有一点哀伤的表情,反而情绪高涨,反常地活跃。那么,对于那些意志薄弱的人来说,马不停蹄地工作虽然让自己无暇顾及悲伤,但最终也会使自己精神不堪重负,甚至崩溃。

莎士比亚曾说:"适当的悲伤可以表示感情的深切,过度的伤心却可以证明智慧的欠缺。"

悲伤是人的一种正常情绪,只是过度悲伤,伤心又伤身,会影响到生活的质量。既然避免不了悲伤,我们就要以平和的心态去面对,不要过度放大悲伤,过犹不及。所以如何区分适度的悲伤和过度的悲伤呢?

适度悲伤有三个阶段。

第一个阶段:否认事实的发生。

2020年春,除了疫情,最令人印象深刻的事便是科比的不幸离世。多少人一觉醒来得知这个消息时,第一反应都是:"你在开什么玩笑?今天不是愚人节啊!怎么可能?你是不是在骗我?"一脸的不可置信,不愿意接受这个事实。这是因为打击太大了,当事人内心不希望此事的发生,这时头脑需要一些时间来适应这个新的现实,防止自己接受了事实后处于崩溃状态。

第二个阶段:震惊。

这个阶段发生在接受事实的基础上,受到了意外的刺激后感到惊慌失措,是一种心灵上的震撼。

第三个阶段:麻木迟钝。

当你悲伤时，你的身体也会有痛苦的表现，例如思维迟缓，别人跟你说话，你仿佛听不见一样，反射弧变长，停顿片刻后回答，甚至答非所问、不回答，就像处于神游的状态。这时，你的思路是不清晰的，想法是混沌的。少部分人的身体反应更为强烈，会突然晕倒在地，这就是麻木状态最严重的表现了。

过度悲伤则为以下几个阶段。

第一阶段：逃避。

曾经我听说过一个母亲，因为孩子得病去世后悲痛不已，不愿意面对事实，把裹着孩子的棉被当作自己的孩子，还不停地说着他没有死，沉浸在自己的精神世界里，对他人的劝说置之不理，形成了过度悲伤，以至于变成了人们嘴中的"疯子"，或者说是祥林嫂式的人物。如果你非要和她理论，告诉她孩子去世的消息，她还会对你大吼大叫。久久沉浸在悲伤之中的人，会出现不修边幅、神情恍惚、精神萎靡、呕吐失眠这些症状。

我们也经常看到身边的朋友在失恋时伤心欲绝，悲痛得不能自已的样子，他们常常会用酒精来麻痹自己，整晚地打游戏强迫自己不去回忆，陷入纸醉金迷，这都是逃避的表现，甚至觉得全世界只剩下自己一个人，做出一些傻事，想离开世界逃避现实。个人情况不同程度也会不同，有些人会表现片刻，有些人的表现则长达数月数年。

第二个阶段：愤怒。

过度悲伤的人会寻找出气筒，从其他事物身上找理由来释放情绪，例如，有亲人逝世的人认为是医务人员失职，没有足够的能力医治，没有尽力去抢救病人才导致悲剧的发生。这其实也是情绪的转移，当一个人找到了发泄方向，就会允许自己的脆弱，卸下逞强的伪装，因此这种行为也间接降低了自己的脆弱程度，将自己与他人越推越远。

第三个阶段：忧伤。

忧伤是必不可少的阶段，面对真实发生的事情，你不再逃避和愤怒，开始更加强烈地感受到心碎，陷入痛苦的回忆，过去的点点滴滴都印象深刻。也许你看到桌上的杯子，都会联想到他曾经拿起杯子倒水的模样，甚至将自己带入其中，仿佛耳边回荡着他询问你是否也要喝水的声音。周围熟悉的一切都会立马引发你的思念与感慨，你还会不停地向朋友诉说你们的故事，更有甚者会在夜深人静时，一个人坐在地上自言自语，这就是抑郁的症状。

第四个阶段：绝望。

过度悲伤的人，他们的精神世界已经开始瓦解坍塌，觉得做什么都没用，一切都于事无补，沉浸在黑暗压抑的氛围之中，整个人失去了精气神，做什么都枯燥无味，吃什么都味如嚼蜡，只觉得孤单、彷徨，没有依靠、没有希望，甚至会出现自杀的念头。

这就是悲伤和过度悲伤的区别。

不管你的悲伤程度有多严重，每个人都必须明白一个道理：一切都会过去。人生的道路还很漫长，一定要走出悲伤，长久地沉浸在悲伤中最终会毁灭自己。

苦是生活的本味，人生的道路总有许多不愉快的事情要经历，但人只能活一次，千万别活得太累太哀伤，不然你的精神就会崩溃，体力也会随之损耗。

情感充沛是人的特点，人们往往把生活的焦点放在关系上，这就是爱的存在，一旦周围的人发生了什么事，你都会感同身受，话还没说，眼泪就先情不自禁地流出来了。

另外，很多人都很依恋感情，甚至有点固执。一旦别人离开，便失去了感情支柱，他也会丧失理智和方向，没有顽强的内心去翻越悲伤这座高山，过度的悲伤不仅会影响你周围的人，更会亲手毁灭了自己未来的生活和幸福。

日子总是要过，哀而不伤才是生活的色彩，何不放过内心的自己，好好珍惜所拥有的一切，活得洒脱，活得快乐一点呢。

在冯小刚导演新拍的电视剧《北辙南辕》里，讲述了这样一个故事：

张志远是一名攀岩爱好者，在一次徒手攀岩中，由于没有做任何安全措施，不幸坠落山崖。丈夫出事那天，妻子的头脑一片空白，刚开始的她也是否认丈夫年纪轻轻便离开人世了这个事实，后来翻看手机里攀岩的照片时，她才逐渐真正地意识到，丈夫真的不会再回来了，彻底从她的世界里消失，只留下她和孩子两个人了。

她说起丈夫时依旧会忍不住悲伤落泪，却不是号啕大哭，在孩子面前克制隐忍，故作坚强，但她在谈话中，表示能尊重丈夫的选择，能够理解对于丈夫来说，挑战徒手攀岩是一生的追求。在她的心中，丈夫更像是一个英雄。她也没有让自己陷入悲伤之中无法自拔，而是用独属于自己的方式，延续丈夫的追求，过好当下的生活。

悲伤到心痛不是说说而已,是真实存在的。

"我不知道是不是我的错觉,正常呼吸时心脏都有一种压迫感,每每看到他最后发的那条消息时,我的心脏就像被针扎了一样好疼。"小优这样说道,她迟迟没能接受自己被分手的事情。

"伤心"和"心痛"是表达悲伤的形容词,而当人们面临亲友离世、公司破产、升学无望,就连追剧入戏时都能真切地感受到这种揪心、胸闷的感觉。这就是"心碎综合征",通常是由患者的情绪引起的,没有明显的器质性病变,却能体验到心碎的感觉,是一种应激性心肌病。若这种症状持续不断则可能造成猝死,需紧急就医。

当有人听到噩耗时,肾上腺会释放出皮质醇激素,这种激素进入血液后,会对心脏造成一定程度的影响。美国曾有一对相伴相爱几十年的夫妇,丈夫于凌晨2:30离世,妻子伤心欲绝,仅仅12个小时后,在下午2:30也随丈夫离世。经医生诊断,妻子死于"心碎综合征"。

以上我们讲了这么多悲伤的表现,那么如何更快地走出悲伤,不做"伤心人"呢?

1. 从否认现实到接受现实

学会直面悲伤的源头,不再自欺欺人,这是至关重要的一点。因为无论我们再怎么逃避,事实就是事实,我们的幻想只是封闭自己内心世界的泡沫,一触即破。只有敢于直面自己悲伤的人,才敢直面自己的人生,才会让自己的心灵接受真正的洗礼。我知道接受现实会让我们难受与痛苦,但我们要相信这只是暂时的，只有走出第一步调整好心态后，我们才能获得新的力量，面对新的生活。

我们要清醒地认识到：死去就是永远也见不到了，逝去的人一去不复返。不要总觉得逝者只是出远门了，还有一天会回来。同理，失业了，就不要再寄托期盼，觉得某天还会被召唤，还会回到原单位上班；失恋了，就要学会放下，不要做梦都想着回到从前；离婚了，就明确地告诉自己，旧的生活结束了，不可能破镜重圆。

沉浸在假象中，只会让悲伤每时每刻地折磨我们，最终消磨我们的意志。俗话说：既来之，则安之。不要逃避悲惨事实，鼓起勇气面对它，接纳它，才有可能战胜它。

2. "不许哭"只会造成内伤

哭不等于懦弱，有人说：想哭的时候就抬头仰望天空，眼泪就会流回去了。我并不认同这种说法，既然想哭那就哭出来吧，尊重自己的情绪，因为哭泣是情绪表达的重要方法之一，而强忍着泪水是在试图封闭悲伤的情绪。

我们经常会看到小孩子摔跤后坐在地上大哭起来，通常爸爸的第一反应会是："哭什么哭，不许哭，自己站起来。"妈妈的第一反应会是："宝贝不要哭了，妈妈抱你起来。"

孩子一哭，父母就会很紧张焦虑，总想着让孩子停止哭闹，好像不哭闹就代表孩子心情好了，大人也可以自己放松一会。从而导致"不许哭"成为父母应对孩子情绪的第一反应。但对孩子的心理发展和人格建立来说，却不是应对孩子情绪的正确做法，家长只是暂时阻止了孩子情绪的表达，没有全然地接纳孩子的情绪。

而这种从小的教育会内化到孩子的潜意识，让他意识到哭是不对的，哭是不被允许的，长大后，他会更加压抑自己的情绪，遇到挫折和悲伤时，会有一种想哭却哭不出来的感觉。尊重情绪就从接纳眼泪开始吧，学会让泪水洗净我们的哀伤。

当孩子哭泣时，家长应如何处理呢？首先应询问孩子的感受，知道他哭是因为痛了，还是害怕了；其次允许他表达情绪，肯定他的感受，不阻止他哭泣；最后陪伴安慰孩子，或者引导他提出解决方案，帮助他走出情绪。

3. 做一个诉说者或一个倾听者

我们可以多和自己亲密的家人或信任的朋友聊天，向他们诉说我们的事情，表达自己的内心，及时合理地释放自己的悲伤。与父母交谈，他们可以给我们更好的解决问题的方法，我们会豁然开朗得到启发，毕竟父母走过的桥比我们走过的路还多。与朋友交谈，他们可以更加设身处地为我们着想，我们也可以更随心所欲地畅谈和宣泄，甚至肆无忌惮地吐槽着。

做一个诉说者，把心中的苦水吐出来吧，这是治愈心灵的妙招。如果一味地掩盖自己的痛楚与脆弱，只会增加心理负担。如果我们什么事都封闭内心一个人扛，负面情绪会变成一块块沉甸甸的石头，最终将我们压垮。要记住，家人永远是我们最坚强的后盾，朋友是我们并肩作战的队友，无论遇到什么失败与打击，我们都不是孤身一人在奋斗。

当身边的人陷入悲伤时，那我们就当一个倾听者陪伴他们。如何做一个合格的倾听者呢？

首先，此时无声胜有声。聆听是精髓，静静地等待对方倾诉完，不要打断或插嘴。尽量与对方有目光接触，表现出很愿意倾听的认真态度。

其次，迁就加安慰。诉说者希望我们与他是站在同一方的，在倾听的过程中，我们可以时常点头表示赞同，多以朋友的情绪为主，顺着方向去为他辩解。也许我们觉得他的想法是错误的，我们先不要急于争辩，先适当安慰，让他更轻松自然地表达完整。

最后，表达加引导。在倾听完后一定要保持冷静客观，不要同样让自己陷入诉说者的情绪中，当诉说者心情舒缓一点后，我们再尝试引导对方积极地面对悲伤，让他从我们身上汲取正向能量去处理问题。

很多负面情绪都具有一定的正向价值。悲伤向我们传递着这样的信息："因为难过，学会了疗愈；因为失去，更懂得珍惜。"

悲伤往往会带来两种截然不同的结果，一是萎靡不振，二是涅槃重生。

非洲大草原上，受伤的羚羊舔舐着自己的伤口，还要一边迅速奔跑挣脱身后的豹子。可见哪有什么一马平川的生活，现实中受伤了也要跌跌撞撞地奔跑，只有一路向前才能看到希望。每一次悲伤，都会变成一个丁字路口，向左还是向右呢？我想我们定然会选择让自己变得强大的这条道路，每一次悲伤过后，都会增加一分人生的阅历，都会进行一次内心的蜕变。

悲伤时，给予自我疗伤的时间来调整自己——自怜、哭泣、大起大落的心情、痛不欲生的感受，这些都是必然的经历。我们应该学会直面自己的伤痛，接纳自己的脆弱。如果我们懂得了悲伤的正向价值，发掘出了悲伤背后的力量，就会迎接一个全新的自己，成熟和坚韧会成为我们崭新的羽翼。

焦虑随时随处可以产生

"内卷"，我想这个词语大家一定不会陌生，这是近两年网上的流行语，指一种社会或文化模式在某一发展阶段达到一种确定的形式后，便停滞不前或无法转化为另一种高级模式的现象。简单来说，就是非理性的内部竞争。

"你都这么瘦了还要减肥呀，你想卷死我们吗？"

"大家怎么都开始内卷了，加班到这么晚我也不敢走。"

内卷已经成了这个快节奏社会的特征之一，每一个内卷人都在不停地埋头织网，而这个错综复杂的大网就叫作"焦虑"。从教育到职场，从婚姻到住房，每一个领域都充斥着焦虑，巨大的心理压力让大家无法逃脱，使大家心神不宁、焦躁不安。

在离出稿日期所剩时间不太多时，我还有些内容没有完成。在此期间，我经常要在全省各地讲课，企业培训或是公益大讲堂等，平日里还要处理公司事务，似乎一天24小时都不够，我只能利用偶尔的闲暇来"追赶工期"。

截稿前一天，我就已经让助理帮我推迟了工作，为星期六制订好了计划，决定早起，把手机调成静音，孩子也交给了老公去带，终于迎来了属于自己的一天，一个人安静地待在书房里专心致志地整理书的内容。

不幸总是来得如此突然,当我从桌上的一堆文件和书籍中想要抽出我要查阅的资料时,不小心打翻了笔记本电脑旁的茶杯。看着散发着浓郁茶香的碧螺春就这样"哗啦"一下全洒在了打开的笔记本电脑上,我愣住了几秒,重重地叹了口气,随即拿纸擦拭干净桌子和电脑。烦躁、焦急、无奈,负面情绪深深地笼罩着我。"怎么办,我写了一上午的内容会不会没有了?"面对黑屏死机的电脑,我一筹莫展,害怕浪费了好不容易挤出的时间,焦虑自己的书不能尽快出版。随后,助理将电脑送去了维修中心。

看着眼前收拾好的桌面和另一台电脑,我的情绪也逐渐平静了,可见焦虑随时随处都会产生,刚才的小意外无疑也让我陷入了焦虑,但我感谢这个小意外,它让我意识到焦虑并不是很可怕的东西,它甚至时常发生在我们生活的一件件小事中,意识到这个问题,我更加可以接受焦虑的存在,当我直面自己的情绪时,我发现这个让我烦心焦虑的意外,也并不是一个很严重,无法摆平的问题。

笼罩在焦虑阴影下的人们,要为各种事情担忧,像热锅上的蚂蚁急得团团转,像不断抽打的陀螺停不下脚步,这种焦虑把我们推入了自我怀疑的漩涡中。

先和大家分享一个关于焦虑的故事:

有一个服装批发商,由于经营不善,亏了不少钱,所以他整天都很沮丧,每天晚上一躺在床上就开始焦虑,一会叹气一会挠头发,妻子半夜醒来,发现丈夫竟然一个人坐在客厅抽烟,十分担心，于是带丈夫去看心理医生。

医生看到他的眼睛充血，于是询问："你这是失眠吧？"商人回答是的，于是医生建议他，如果睡不着就数绵羊，那个商人道谢后就离开了。一周后，他又去看心理医生，只见这回商人的眼睛更红肿了，眼袋更深了。

医生看着他憔悴的模样，惊讶地问道："你按我说的做了吗？"

商人愤愤不平地说："我当然照做了！还数到几万头羊呢。"

医生又问："数了这么多羊，你不困吗？"

商人回答说："本来是有点困了，但是当我想到如果不把这么多羊的羊毛剪掉，就怪可惜的。"

心理医生接着说："那剪完羊毛可以睡觉吗？"

商人叹了口气说："但问题是，我们上哪儿去找买家来买这3万头羊毛做成的毛衣呢？我一想到这个就睡不着！"

从羊到羊毛，再从羊毛到毛衣，商人的焦虑就像是藤蔓一样不停地生长，顺着思绪缠绕着自己的大脑，最后他的脑袋彻底被毛线包裹得乱七八糟，怎么解也解不开了。

那么我们为什么会产生焦虑呢？

1. 活在未来里

人们往往对未知的一切感到恐惧，各种担忧随之而来。活在未来的人就像身处在茫茫迷雾中，眼前的视线模糊了，看不清脚下的路，触摸不到未来的方向，任何大小事情都会成为焦虑的对象。

每一次聚餐，周围的企业家们讨论的话题都离不开"企业该何去何从"这个问题。我从周末就开始焦虑着周一的会议上要和员工交代哪些工作,哪些合同还没签,哪些客户还没有拜访。好不容易坐在办公室喝口茶的工夫,又开始焦虑公司未来的发展,如何深化产品创新服务,企业是不是该转型了,有没有足够的现金流给员工发下个月工资。

当我们觉得危机四伏时,是因为我们与当下脱轨了;当我们觉得一切都不确定时,是因为我们悬浮在了未来。往上爬的每一步阶梯都变成了一朵朵云霞,我们害怕下一步就会踩空,这种不踏实的感觉使自己焦虑无比,好像只有提前计划好了每一步,才会获得安全感和信心。

不只企业老板,就连员工也活在了未来的焦虑中。他们焦虑着自己会不会被裁,万一还不上房贷怎么办,这个月的业绩怎么才能达标……当一个个可怕的念头突然出现在他们脑海里时,就如同面临了一场灾难,焦虑严重的人甚至会出一身冷汗,彻夜难寐。

在上企业培训课程时,我最常提到的八个字就是"活在当下,未来已来"。未来虚无,不确定性因素多,不知道会发生什么……看似未来我们抓不住,很缥缈。其实未来已来,累积好每一个当下,就会拥有好的未来。我们对未来失去掌控感时,会焦虑。这时不如冷静地思考如何发挥自己的特长为企业创造更大的价值,只需要尽力专注做好眼下的工作,你所认为的"问题或麻烦"说不定是一个展现自我的新机遇呢。

2. 活在比较中

随着竞争的门槛逐渐升高,内卷的程度也越来越大。活在竞争中的人们,他们是被动产生焦虑的,本就是随遇而安的人,却因为"比较"——害怕被圈子落下,害怕被时代淘汰,这种迫在眉睫的紧张感、孤独感、无力感,让他们不得不拼命争取学业的进步或事业的成功,等等。

比较在生活中是不可避免的,就连购物也是一种比较的过程,比较商品的价格、性能、售后等,在各大购物软件上来回切换,可能最后疲惫了依旧不确定自己到底该下单哪一件。

阿欣是公司的一个单身女青年,在公司工作了15年。午间休息时她谈论着自己前段时间的相亲对象,说这个男生温柔体贴,会经常主动接她下班约她吃饭,不足之处就是和男生接触时间太短不够了解,而且对方工作不够稳定。但看着身边的朋友一个个都走进了婚姻的殿堂,并都开始晒娃,而形单影只的她在成双成对的朋友聚会中显得格格不入,阿欣时常焦虑自己会孤独终老。特别是一到春节,她害怕面对七大姑八大姨的询问,好像大龄单身的女生就一定不好,甚至跟同事开玩笑说过年一个人在公司加班不回去了。"要不然就他了,赶紧结婚得了。"阿欣这样说道。我问道:"你真的喜欢他吗?"阿欣迟疑了,可能她也在思考这到底是不是爱。

我知道她很焦虑,这种焦虑来源于周围人的评价和攀比,"恨嫁"的压力让她觉得自己也得尽快结婚才能和周围的人同步。但我真心地希望她不要受到外界比较的影响,或是为了取悦家人,而嫁给一个不爱的人。我说道:"你先不要急于一时,对他再多了解一段时间,把自己活好才是幸福的基础,当你相信未来一定会有一个良人在等你时,焦虑自然就消失了。"

父母焦虑势必也会影响孩子的成长。以前在做少年派MBA学院时，我发现有不少孩子都有焦虑的情绪。

有的孩子为了比同桌多考一分，嘴上说着回去看动画片，其实背地里多复习了一个小时；有的孩子为了比赛多赢一局，表情会突然变得格外严肃，说话语气不耐烦，行为也逐渐暴躁，甚至开始推搡他人。当然并不代表有好胜心不好，而是过度地争强好胜会增加孩子的心理负担，我更希望无论是在学习或游戏时，孩子们都能保持平常心，轻松地去享受学习或游戏的乐趣，而不是不断焦虑自己输了怎么办。

每一个焦虑的孩子背后，都有一个焦虑的家长。他们将不甘示弱的压力和情绪潜移默化地传递给了孩子。例如父母的口头禅就是："你看隔壁家某某某，这次考了多少分，而你考了多少分。"喜欢拿别人家的孩子与自家的孩子作比较，这是大多数父母的通病。有些父母会说："我也不愿意每天盯着他学习，可是现在社会竞争这么激烈，如今为了一个入学名额大家争破了头皮，以后岗位要求更高，孩子不努力连工作都找不到。哎，我心里也苦啊。"我说道："你看，你又焦虑了。"

霖霖妈妈和我住在同一个小区，接送孩子时常会碰面，一来二去便熟络了起来，每次霖霖妈妈笑着和我聊天时，只见本就不高的霖霖背着一个偌大的书包，唯唯诺诺地躲在妈妈的身后也不说话，耷拉着小小的脑袋看着脚下的蚂蚁，我便想让儿子领着霖霖去旁边的滑滑梯一同玩会，霖霖妈妈却连忙牵起霖霖的手，笑着摆手说："不用了，他每天晚上还要练两个小时钢琴呢，和他一起学的小女孩都会完整地弹一首了，再不抓紧他又落后了。那我们下次再聊,再见了。"当我回头看着他们风风火火着急回家的背影时,霖霖也正好回过头偷偷瞥了一眼滑滑梯,然后又快速地继续低头走路。从头到尾,霖霖都不曾笑过。

后来儿子无意中跟我提及霖霖,他问霖霖弹钢琴好玩吗,霖霖却回答很无聊,还要担心自己弹得不好会被老师和妈妈批评。儿子抬起脑袋,有些困惑地问我:"既然弹钢琴不好玩,那霖霖为什么还要比以前多练半个小时呢?"

霖霖妈妈焦虑自家孩子没别人弹得好,不断让孩子加练,当听到某个旋律的停顿不对时,就开始着急,把孩子数落一番。而霖霖则焦虑自己会被批评,只能尽力做到父母的要求,反复练习。在这种严肃的学习氛围下,霖霖弹琴的技术的确是在进步,但自卑内向的霖霖也从不敢在外人面前展示自己的琴技。我想,他失去的是一个快乐的童年,这就是焦虑的代价。

拿别人的长处对比自己的短处,自然会产生问题了,若再揪住问题不放,就会陷入极度的焦虑,不断放大孩子的缺陷,从焦虑孩子考试成绩到焦虑孩子大学无望,再焦虑孩子终不成器,甚至转移到指望不上孩子给自己养老。这种未雨绸缪所产生的焦虑就像恶臭的垃圾一样,一点点堆积在父母的脑海里,然后不断发酵挥之不去,一个接一个的负面预期就是恶性循环的开始。

我必须告诉大家,这些焦虑根本解决不了任何问题,还可能亲手把孩子越推越远。2020年我国青少年抑郁症的检出率就高达24.6%,焦虑的父母是重要的影响因素之一。

千万不要因为望子成龙的焦虑而不断地拔苗助长，有时我们自认为的"为孩子好"，却困住了孩子的四肢，孩子不是提线木偶，更不是我们用来比较的对象，一时的成绩不代表他们将来的人生，也许未来的某一天，霖霖会变成了不起的音乐家，可在通往这条道路的途中，接踵而来的焦虑会阻碍他前进的步伐，甚至钢琴也会成为压倒他的心病。

蒙特梭利说过："除非你被孩子邀请，否则你永远不要去打扰他。"孩子的成长有他自己的节奏，父母过于焦虑，只会打乱孩子原本的天性和发展路径，让孩子从主动变为被动，这难道是你认为的"好的教育"吗？在孩子焦虑时，父母需要慢慢指引他们，在迷茫中找到正确的方向，而不是增加孩子的焦虑，甚至成为孩子焦虑的源头。

3. 活得要完美

完美主义者的焦虑来源于想要做到极致，来源于内心深处的不自信，来源于拼命想要证明自己。这种不断往坏方向思考的念头只会消耗我们当下的精力，与自己做着无畏的斗争，它根本不会消除我们未来的担忧，不会帮我们提前解决那些都不一定会发生的烦恼。

前段时间，有一个很火的话题就是："被爱的前提一定是漂亮吗？"在这个看脸的颜值时代，不少女性都有着或多或少的"容貌焦虑"。身材不够苗条成了男朋友分手的借口，五官不够出众成了你不被优待的原因。

因为长相一般，我们变得敏感，合照时不敢站在前排，看到别人围在一起说话，就以为别人在议论自己的身材。难道"白幼瘦"才是美丽的唯一标准吗？

初见娜娜时，高挑又修长的身材，白皙又精致的脸庞，视线忍不住多在她身上停留片刻，但细看两眼，你会发现她微笑时，面部有些僵硬，过于饱满的苹果肌，也显得有些刻意。

上一次娜娜的母亲找到我时，说自己孩子容貌焦虑太严重了，以前觉得"爱美之心人皆有之"，女孩子长大后变得爱打扮了也能理解，看到女儿化完妆以后漂亮的模样，她和老公也觉得很骄傲。但前两年女儿放假回来后，就像变了一个人，反复询问后得知女儿去整容了，割了双眼皮还垫了鼻子，但好在变动不大，只是微调，她想着总不能让孩子又整回原来的样子吧，只能无奈接受了这个事实，老公还不停劝诫女儿不要再整了。没想到女儿又跑去整容了，没有钱还偷偷贷款，做几份兼职也要攒钱整容，结果整得越来越奇怪，眼睛太大，下巴太尖，越来越不像自己。气得她老公第一次狠狠地打了女儿一顿，并扬言再也不想见到女儿，女儿也气得离家出走。

娜娜的父亲坐在一旁，附和道："我看她根本就不是容貌有问题，她这就是心理有疾病，就不应该给脸整容，给她的心和脑好好整整吧。哎，我也不舍得打她，可是她根本听不进去大人的劝诫，老师，下次我们带娜娜来，您跟她好好聊聊。"

在跟娜娜咨询的过程中，我扮演的是倾听者，通过不断地引导和深入了解后，得知她蜕变的开端原来是高中时期一段无疾而终的恋情。当时她一直暗恋的男生和大家眼中的女神在一起了，而戴着黑框眼镜打扮普通的娜娜似乎只能是这个美好故事中一个不起眼的小配角，青春时期的暗恋是甜蜜的忧伤，是幻想从丑小鸭变白天鹅的小心思。由于住宿在学校里，娜娜能做的改变就是少吃米饭和下了晚自习就去操场跑步，一段时间下来，她的身材逐渐变得纤细，可娜娜并不满足，她想要追求极致的美丽。毕业后，她拿着零花钱终于能买到心仪很久的化妆品和无数漂亮的衣服来装饰自己的外在。即使出众的外貌吸引了不少追求者，但娜娜依旧想要成为人群里最亮眼的存在，于是她开始了解医美，结果就是一发不可收拾地陷入了疯狂的整容。

"其实我瞒着父母还整了好几次，不用你们说，我也意识到自己有些病态了，可是每次修复好后看着镜子里的自己，我就又开始不满意了，我只是想让自己更好看而已。"娜娜这样说道。

"其实你已经很好看了。"

"不，我还不够漂亮。"这就是娜娜的症结所在，一旦看到网上的各种精修美图和花样百出的滤镜时，她的容貌焦虑便会加剧，根本做不到和自己的素颜和解，甚至每天思考的就是如何变得更好看。娜娜的焦虑正是因为内心的自卑，她做不到欣赏自己。

美是多元化的，是没有准确答案的，每一个人都是独一无二的存在，都是闪闪发光的星辰。首先娜娜需要破除那些错误的认知，对自己有一个准确的评价，并且意识到整容的危害。娜娜的容貌焦虑很大一部分原因是她夸大了美貌的作用，在她的意识里，美丽能换来异性的关注，美丽能拥有女主角的人生。其次她要学会接纳自己，并允许"不那么完美"的存在。

过度将注意力集中在自己脸上，只会中了"追求完美"的魔咒，束缚住了自己的思想，裹挟着自己去行动。正所谓"没事找事""庸人自扰"就是典型的焦虑。要知道长得漂亮不如活得精彩，调整心态，重拾信心，才是逆袭的关键。

想要活得完美的人无处不在。深夜里，明明早就写完了方案却还在一遍又一遍修改的人们，他们担忧明天讲解时会出错；马上就要考试了，还一页又一页翻着书的学生，他们害怕自己看漏了任何一个重点。追求完美的焦虑，像无法止步的永动机，像无法填满的缺口，最终只会将热情消耗殆尽。

根据研究数据表明，女性被诊断为焦虑症的概率是男性的两倍。这是因为女性本就心思细腻，比男性的情绪更多，对情感有着更大的需求。例如，恋爱中的女性更喜欢经常问对象："你爱不爱我"这个问题，在关系中，女性容易感到患得患失，时常会出现一些负面想法，好像只有通过一遍又一遍的询问，得到了确切回答后才会减少焦虑。在家庭中，女性也时常会思考"自己是不是一个合格的妻子或母亲"这样的问题，担忧自己无法同时兼顾好家庭和事业。

从生理因素上看，我们在前文里提过的杏仁核在情绪反应和情感记忆方面扮演重要角色。出现焦虑情绪的女性的杏仁核体积减小比男性更明显，男女的大脑对压力的反应也不同——遇到压力时，女性的大脑更容易被激活，产生警惕的感觉。而激素也是焦虑症的重要影响因素，我们常说的更年期的焦虑也是因为激素不稳定造成的，绝经期女性的雌激素水平会下降、卵泡刺激素水平会升高，情绪也就随之波动。

从社会因素上看，女性产生焦虑更多是因为受到了外界的压迫，在传统的性别定义中，男主外女主内，女性承担了更多的家庭责任，除了洗衣做饭还要照顾孩子，这也是对女性不合理的评价标准。在如今新时代的影响下，女性也能独当一面，撑起半边天，开始关注起自己的需求，但却不是事业和家庭二选一的抉择，而是"事业家庭两手抓"的新标准，多了份自由的同时也多了份枷锁，一定程度上给女性带来了新的焦虑。现在，我们宣扬着不歧视女性，讲究性别平等，但很多根深蒂固的思想并没有彻底改变——"你怎么还不结婚""你怎么能不生孩子""女人随便找个轻松的工作就可以啦""你再不减肥小心老公跑了"等这些外界的评价限制着女性，这种夹缝求生的焦虑降低了女性的幸福感。这都是别人眼中的对与错，美与丑，请拒绝这些外界贩卖的焦虑，将它们还回去，生活应该由我们自己来定义。

面对焦虑，我们该怎么做？

1. 少点比较，专注自己

我们需要把注意力集中在自己身上，而不是被外界的标准和要求洗脑。这个世界有太多嘈杂的声音，有好有坏，例如有些评论会说："女性就应该温柔，做什么女强人。"这些刻板的印象深深地影响着我们。当我们觉得被扰乱得心神不宁时，找个安静的地方，静下心来，问问自己：你也这么认为吗？多聆听自己的感受，多关注自己的需求，从追求社会的标准转向关注我们真正需要和珍视的东西。在这个过程中，形成自己的价值观，成为自己想成为的人。探索如何让自己快乐，而不是看别人的眼色行事。

学会纵向看待事物，关注自身的成长，过于横向比较无疑是增加自身负担罢了。要相信每个人都是有天赋的，只不过可能领域不同，要学会发掘自身的潜力。例如，孩子钢琴弹得不好，那就让他尝试下其他的爱好，也许他在绘画上更有天赋呢。

没必要事事都争第一，盲目地和他人计较，只会内心受挫，消磨自信。第二、第三也已经非常优秀了，就算倒数也不要气馁，说明还有进步的空间。为自己设定的目标付出努力，体验自身价值的提升感，享受自我实现的快乐才是最重要的。

2. 慢下脚步，放松心灵

焦虑是永远消除不了问题的，只会加剧问题的产生。当我们的思绪飘得太远时，它就像皮鞭一样催促着我们快跑。明明我们还走在"今天"的道路上，大脑却在"未来"的赛道上肆意狂奔，过度遐想还未发生的事情怎么会不累呢？那就让脚步和大脑都慢一点，给心灵喘口气，要知道欲速则不达。

劳逸结合是缓解焦虑的好方法。在课程中，我提倡女性要自我成长，进行心理调节，呼吁她们注意自身健康。当我们过度劳累后便会力不从心，可我们又极度想把事情做好，这时就会产生焦虑。当我们在电脑前焦头烂额地写着方案时，焦虑着"还要修改哪里""怎么才能让甲方满意"时，用脑过度的我们已经一筹莫展了，不如从办公室的座椅上起身转一转，下楼喝杯咖啡放松片刻吧。也许当我们再次坐到电脑前时，我们就能有了新思路并且沉着应对了。

尝试一下正念冥想吧，正念冥想既能锻炼我们的大脑，使我们更专注，还能不带任何评判地审视自己。我们可以每天冥想两次，每次十几分钟，驱散脑海里那些焦虑的想法。还有一个方法便是渐进式放松训练，首先绷紧我们全身的肌肉，然后逐渐地放松身体的主要肌肉，缓慢松弛。通过不断地紧绷、松弛，我们就紧张不起来了。同时还要注意自己的呼吸，有序缓慢地跟着身体的律动呼吸。

3. 转化焦虑，拆分目标

焦虑是每个人都会在生活中出现的短暂负面情绪，它并没有那么可怕，它是大脑保持警惕的惯用招数。我们不要以为焦虑没有任何积极作用，转换焦虑，将它运用得恰到好处，我们甚至会感谢焦虑的出现，因为它让我们保持清醒，提高了发挥水平。

那么首先发现焦虑的价值，与其拼命拒绝或顽固抵抗它，不如用温暖的心态去接纳它，与适当的焦虑和平共处。

贾里德·基利和他的研究小组对焦虑进行过调研，发现焦虑对考试成绩是有影响的，过度焦虑和过度放松的人考试成绩大多不佳，而适当焦虑的人考的分数明显较高。过度紧张的人在考前习惯喝很多水，然后不停地去上厕所，或是坐立不安；或是不停地翻阅笔记，越复习反而越焦虑；在一拿到考卷时，有些人会头脑空白，明明刚背的单词怎么也想不出来了；在考试过程中，过度焦虑的人没办法保持冷静，大脑会一直紧绷着，遇到不会的题目，就会非常焦急烦躁，呼吸声加重。那么什么是适当焦虑呢？适当焦虑的考生会明白考试的重要性，鞭策自己好好复习，但他们不会纠结于哪一点没复习到，他们会更加有计划地拆分目标，一个考点一个考点地复习完，焦虑也就一点一点地减少了。

去年有一段时间，每周的周五、周六、周日，我都会为一家全国知名的地产公司各城市分公司的员工做线上心理咨询服务。大部分的问题都是各种各样的焦虑——不能晋升怎么办？目前感觉收入低了要不要跳槽？和家人两地分居，孩子叛逆，老婆管不住怎么办？……

"老师您好，我的情况是这样的，我来公司已经两年了，两个月后公司马上就要进行岗位晋升考核了，我现在每天都焦虑不安，一会觉得自己能当上部门经理，一会害怕自己专业水平不够，又不如那些年纪大的竞争对手，错失了升职的机会，白天忙着工作，一到晚上就又开始焦虑了。您说我该怎么办呢？"

我想这也是一些职场人会面临的问题。我很高兴的是，她能及时发现自己的情绪，并清楚地知道引发焦虑的原因是什么。这是缓解负面情绪的第一步。

那么第二步，就是将焦虑的问题具体化，拆分成一个个目标，再实施改进计划，将过程量化，结果可视化，通过建设性的行为来解决问题。

以上面的咨询为例，她焦虑的是自己能否竞聘成功，虽然她的年龄和资历是无法改变的，但专业水平是可以改变的，而且她的焦虑是泛化的，只有列出具体的可达成的目标才能有效改善结果。提升什么能力，如何提升，这是她需要去思考的问题。

当然我告诉她，她还需要充分地准备竞聘材料，尽自己最大的能力去参与竞聘，无论成功与否，就当作是学习的过程。接下来就是把她列出的目标分成每天需要实施的行动，类似于日程安排，将两个月后竞聘成功的空想变成有计划的安排，例如今天需要做完哪个方案，或是看哪本书学习某个知识点。将焦虑转化成了学习的动力，就会在一步步的落实中看到成功的希望。

有用的焦虑是一把刻度尺，丈量着你欲望的多少和能力的大小，使你认识到现实和幻想的距离，能清楚地告诉你哪里可能产生问题，你需要停下脚步调整了。目前的能力达不到预期的结果是最常见的焦虑，那就让我们降低一些期待吧。

自卑使你远离幸福

自卑，字面意思便是自我卑微，这源于对自我认识不足，觉得自己地位低下或是如尘埃般渺小。自卑的人看到的往往是自己的缺点，所以没有自信，常常会低估自己的能力。

自卑者脑海中得出的结论就是："你行，而我不行""你配，而我不配"。这种瞧不起自己的消极心态是一种性格的缺陷，这种自我贬低的行为只会加重焦虑的产生。他们缺乏表达自己的能力，缺失了信心与目标。当我们无法充分了解自己时，便发挥不出自己的潜能，最终只会与成功失之交臂。

在一次企业培训时，我遇见了这样一位小姑娘，她坐在位子上很认真地听我讲课，但当我一与她对视的时候，她便急忙躲避了眼神,将目光转向我身后的屏幕。在分组做活动的时候,只见她一个人呆呆地站在一旁,也不积极与同事说话,我问她怎么不一起参与时,她一副谨小慎微的神情,可能不知道怎么回答我的问题,只能用尴尬的笑容掩饰。还是另一个性格活泼的同事拉着她一起参与,并说道:"老师,她是我们公司的新员工,性格内敛,比较害羞而已。"

在活动过程中我也异常关注她,在这一举一动、一言一行的表现背后,都是自卑的心结在作怪。课后她也加了我的微信,并主动与我联系,跟我说:"老师,您讲的课真好,让我收获颇深。"在一番交谈中,我得知她是从一个小县城走出来的大学生,而这是她第一份实习工作。在来到武汉上大学前,她都没见过地铁,没见过繁华的商圈。她不喜欢与人交流,因为害怕被周围的人嘲笑,觉得她是个乡里来的土包子。她开始意识到自己和别人是有差距的,当看着室友买着各种各样的护肤品和化妆品时,她觉得自己的生活费能保证每天吃饱就不错了。就连和同事聚餐时她也坐立难安,那是她第一次坐在西餐厅,她不懂吃饭的礼仪,甚至偷偷百度,模仿着同事如何拿刀叉,即使品尝着美味的牛排也味如嚼蜡。

我想说,不必因为没吃过西餐而自惭形秽,不必因为没见过稀奇名贵的事物而不由自主地觉得自己寒酸,我们可以选择欣赏与感叹,而不是被身外物所打倒,更不要成为它们的奴隶。

贫穷不应该是打压自尊的武器,可怕的不是物质上的贫穷,而是使你深受其害,觉得不如别人的思想上的贫瘠。

我希望这个小女孩能接纳自己的不完美并开始改变。学着接受自己的见识不如别人，接纳自己的父母没办法给你带来更好的经济条件，安然地面对这一切，试着抬起一直低下的头，多仰望广阔的天空，开始积极参加各种活动，让别人看到你的闪光点，给自己争取机会，飞出自卑的牢笼。

生性敏感的人更容易自卑，纵然他们有千万优势，也容易被一丝缺陷和一点不如意闹得面红耳赤或无地自容。当然，自卑的原因有很多，除了家庭出身，还有社会地位、身体缺陷、智慧、外貌、名誉、财富等等。这些都有可能成为你自信的障碍，幸福的阻力。

自卑的表现通常有以下几种类型，筛查一下自己是否存在自卑情绪吧。

☆ **谨小慎微的孤僻者**

他们习惯处于黑暗的角落里，不愿引人注目，就算时常会有孤独感，但做群体的边缘者反而会增加他们的安全感。就像蜗牛一样潜伏在"壳"里，遇到万众瞩目的灯光，不敢探出头来，不参加任何竞争，也不敢冒任何风险，害怕展露出自己的缺点所以经常退缩，从而导致社会适应不良。

谨小慎微的孤僻者通常都瞻前顾后、百般思谋。想必大家都看过《红楼梦》，林黛玉便是典型的自卑者。纵使她才情、长相颇好，却依旧自卑。例如刚进贾府时，她暗暗提醒自己："因此步步留心，时时在意，不肯轻易多说一句话，多行一步路，唯恐被人耻笑了他去。"虽然自己也是出身不俗的大家闺秀,但面对贾府豪宅的高端奢华以及名门贵族的繁文缛节,第一次见到大场面的林黛玉内心是自卑的,她深知自己是来投奔的,是没有任何倚仗的。

作为谨小慎微的孤僻者,林黛玉不会像刘姥姥逛大观园时表现得那么无知和喧闹,她一言一行都尽量做到细致周到、大方得体。当外祖母第一次问黛玉读了什么书时,她老实回答四书,后来宝玉问黛玉读过什么书时,她却回答不曾读,只些许认得几个字。这是因为外祖母说贾府的姐妹们不过是认得两个字,不是睁眼的瞎子罢了。在这里,林黛玉的察言观色表现得淋漓尽致,会因为一句话而心生不安,所以她的言辞进退有度,咬文嚼字值得揣摩。就连吃完饭后,林黛玉也是先静观他人的行为举止,再漱口,这些表现都是她骨子里的自卑导致的。

这种自卑是通过比较得来的,当她见识了侯门深院的繁华奢靡,她感到自卑,当她看到了才华横溢又懂得人情世故的薛宝钗时,她即便得到了贾宝玉的爱情,还是自卑。

在某些公众场合,谨小慎微的孤僻者会表现得格外安静,通过尽量少说话来降低自己的存在感,隐藏自己,这在心理学中被称为"发言恐惧"。让他们当众大声讲话,无疑就是"社会性死亡",要承受着巨大的心理负担。就像老师突然点名让你回答问题,但你根本不会这道题,还被全班同学注视着,你只好低着头沉默,眼神也不敢与老师正面接触,恨不得找个地洞钻出去,只希望老师赶快让你坐下。

我们常说:"眼睛是心灵的窗户。"当一个人逃避你的注视时,说明他不愿与你沟通,不想与你交流,更害怕被别人窥破心事，你们很难有思想的碰撞。因为缺少勇气，所以频繁眨眼、目光躲闪；因为自卑，所以不敢直视、低头不语。

通过观察身边的领导者，你会发现充满自信的人说话时身体是舒展开来的，靠着椅子与下属自然大方地平视，或是带有着压迫感的身体进行前倾，但绝不会弯腰驼背。

去年我带领助教们一起练习做家庭系统排列（简称"家排"），这是由德国心理学大师海灵格先生整合发展出来的一种心灵疗愈的方法，可以呈现出家族里人的序位和内在状态。我常说我们现在产生的性格缺陷和负面情绪，大多与原生家庭及年幼时的伤害有着密不可分的关联。通过家排，我们发现助教小青和母亲的关系较为疏离，而她也向我们讲述道："从小到大，我的母亲性格都较为强势，因为我知道我的要求肯定是不会被满足的，所以我也不会争抢反抗，和同龄人在一起，我就是一个自卑的小透明。小时候学校组织郊游，每个人统一交一百元钱，我妈却说出去玩一天有什么好的，还浪费钱，不如在家写作业，所以我只能装病没去。后来毕业聚餐，我妈却说和一群狐朋狗友吃饭而已，不值得去，我只好和同学推托，说自己不爱热闹。高中时，隔壁搬来了一个学长，和他在楼道相遇时，他穿得干净帅气，而我却灰头土脸地穿着姐姐不要的旧衣服，手里还拎着一袋垃圾。自卑的我每次都不敢与他说话对视，慌乱地躲进了教室门……"

正是母亲不断地批评、忽视、拒绝，造成了她强烈的自卑，那些话语就像一把尖锐的刻刀给女孩的心灵留下了一条条伤痕，一点一滴累积的不理解和不认同彻底打压了她的自尊，这远比贫穷还可怕。直到现在，她也习惯弯腰驼背，说话唯唯诺诺。我时常提醒她把腰背挺直，可精神了一会又塌下去了。越没有自信，越封闭自己，这种不良循环正在伤害着自卑者的身心健康。

☆ **咄咄逼人的好斗者**

极度自卑的人已经不能通过屈从的方式来减轻痛苦了，他们会以过分自尊的形式表现出来。他们开始变得趾高气扬、好争好斗，凭借张牙舞爪、特立独行的形象来掩饰内心的自卑。在他们眼中，树立起强势的形象能避免被他人看低，阻挡他人偷窥他们内心的真实想法。

这种狐假虎威的表现，其实并不能让人觉得他们能耐很大，反而会让人心生悲悯。咄咄逼人、尖酸刻薄的模样只会显得他们更小心眼儿，暴露了他们的不自信。

在这里，我不得不再次提到林黛玉，从前期初进贾府时的谨小慎微到后期爱耍小性子的伶牙俐齿，正是其极度自卑导致了双重表现。幼小失怙、寄人篱下是她自卑的根源，再加上多愁善感的本性，使她经常表现得清高孤傲，语言犀利不饶人，加剧了她的抑郁，产生了悲惨的结局。例如，薛姨妈说有十二朵宫花要送给姑娘们和凤姐，并让周瑞家的代她分送。因为林黛玉的房间顺序靠后，最后一个才送到，却碰上黛玉在宝玉的房中。周瑞家的笑着说："林姑娘，姨太太叫我送花儿来了。"宝玉听了，便说："什么花儿？拿来我瞧瞧。"黛玉却问道："这是单送我一个人的,还是别的姑娘们都有呢?"周瑞家的回答说:"各位都有了,这两枝是姑娘的。"周瑞家的以为她会说声谢谢,结果黛玉却冷笑着回答:"我就知道么!别人不挑剩下的也不给我呀。"这一段便流露出了林黛玉自卑敏感而咄咄逼人的特点,通过尖酸刻薄微讽的语言来掩饰自己内心的不满。

咄咄逼人的好斗者就如同一朵带刺的玫瑰,用利刺来掩盖坚强下的脆弱和自卑。因为内心安全感和自信心的缺失,他们会对外界产生抗拒,对自己没有信心,也比常人更好面子,更加多疑猜忌,既不想承认自己不如他人,又想要得到别人的高看,遂只能装腔作势,这便是自尊心极强的表现。

这些飞扬跋扈的自卑者看起来自信十足,实则不堪一击,内心过于敏感使他们无法抵抗外界的刺激,更易怒易悲,遇到问题更爱为自己争辩,试图通过争赢了来填补内心的缺失,满足内心的虚荣,平息焦虑和嫉妒,创造出自认为略胜一筹的优势来掩盖劣势。

☆ **随波逐流的从众者**

因为对自己缺乏信心,他们常常没有坚定的信念,不善于表达自己的想法,努力与他人意见相同跟随大流。"随便""我也觉得可以""我也是这样想的""我都行"这些便是随波逐流的从众者的口头禅。他们从来不关注事物本质的对错,不在乎自己是否想要,无论是红灯或绿灯,只要看见旁人都过了,他们也跟着闯,旁人都不动,他们也跟着不动。

他们害怕自己与他人观点不同而成为众矢之的，别人怎么说他们就怎么做，一副老好人形象，通常这样的表现就是自卑心理在作祟。一味地迎合就是不自信的表现。因为自卑，他们觉得自己说的话无足轻重、不值一提，于是选择了沉默和点头，丧失了表达的勇气。

这些从众者的顾虑也会更多，害怕得罪别人，害怕被人笑话，赞同的话远远多于否定的话，更不擅长拒绝他人，不敢轻易地说"不"。

"同事每天让我帮他买饭，我不好意思拒绝。"

"理发师一直跟我说话，又很热情地拿吃的，给我倒水，我不好意思拒绝只能办了卡。"

"小妍是我最好的朋友，她要我的玩具，我不好意思不给她。"

生活中，自卑的人不希望被别人讨厌，于是活成了别人期待的样子，甚至为了获得别人的认可和尊重，在过程中会委屈自己，渐渐失去自我。

这种不敢拒绝他人的心态和行为，源于人格的不健全。阿德勒指出：健全的自卑感不是来自与别人的比较，而是来自与"理想的自己"比较。当你变得独立与自信时，你就有了强硬的底气，不必为了一句拒绝的话而尴尬半天。

其实无论是伟人还是普通人，每个人在不同时期，都会产生不同程度的自卑情绪。世界上没有那么完美的人，某方面展现出来优势，势必在其他方面会有劣势。对于自卑的人来说，就算达到了较高的成就 还是远远不够的，他们总觉得人外有人,天外有天,自己的成就没什么值得肯定的,就算得到了众人的夸奖,他的心理负担也大于喜悦,觉得自己承受不起别人的赞美,质疑别人夸赞的真的是自己吗,甚至极度自卑的人会产生心理扭曲,错误地把夸赞当作讽刺,习惯将外界的评价视为自我否定的依据。而对于本就平庸的自卑者来说,碌碌无为是他们的生活常态,会时常暗示自己天生运气不好,这些挫折都是他们应该去面对的,将自己放在落魄者和卑微者的角色中。

如果你产生了自卑情绪,那现在让我教你两种方法学会如何克服自卑情绪,带你从漆黑的内心世界里挣脱出来,获得新的力量吧。

1. 学会建立自信心

自卑会给人带来精神上的折磨,想要摆脱低自尊,就要建立自信,这样我们才会得到真正的幸福。自卑的要害是"自我否定"。让我们来看看"否"这个字,上面一个"不",下面一个"口",可见喜欢对自己说"不"的人容易自卑,一味地否定自己只会扼杀你的潜力,阻碍能力的发挥。

那么建立自信的第一步,便是不要对自己说"不"。通过一些积极的心理暗示,例如"我能行""我很棒"等话语来鼓励自己,看见自己的长处,发现自己的闪光点,鼓起内心的勇气,找到自己的力量。只有当你认为自己能够做到,逐渐开始认同自己的时候,才能掌握自己的命运。对于自卑的人来说,迈出第一步的确很难,逐渐感受到成功的希望会让你重新评估和审视自己的能力。一次次的突破会形成更加稳定的自我肯定,信心越来越足,自卑感就会悄然消失。

记录下自己的优点是建立自信的好方法。

优点并不是非得高大上那种，优点有千千万万种：善待父母、知错能改、为人诚实、做饭好吃、生活规律、说话风趣、爱护动物等等，这些都是优点。

拿一个笔记本，将自己的优点写下来。或许你需要花很长的时间思考这个问题，最终也写不出几条优点，但不要着急，我们可以整理一下思路，从日常的生活入手，例如：你今天早上早起了、提前十分钟到了公司、工作被上司表扬了、能和同事愉快地交流……这些怎么不算是优点呢？

你还可以找到几个朋友，大家一起在纸上写下自己的优点，不要让对方看到。然后彼此互相猜测各自写的优点会是什么，挖掘他们的闪光点。最后再朗读出自己的字条，看看自己哪些优点被他人认可了，以及遗漏了哪些优点。

我们通过自信心的分享练习可以促进自信心的成长，找寻出自己的可爱之处，发现原来自己也没有那么讨厌，同时明白了"我们是不可重复的孤本"。既然每个人都是独一无二的，那么优点也不可能完全相同，所以我要学会更理性地接纳自己的优点和缺点。

努力找寻了自己的优点后，还需要将它放大。对于自卑的人来说，经常回顾自己的成就可以激发自信心。这时，记录优点的笔记本就起到了关键作用，时常翻阅写下的优点鼓励自己吧。

自卑的人无法做到喜欢自己，他们嫌弃自己没有迷人的外表，无奈自己没有出色的能力。相反，自信的人就要做到喜欢自己，就算自己长相寡淡，照样也觉得自己是美丽的，觉得大大的眼睛能掩盖嘴凸的弊端，觉得自己能够通过改变穿搭来提升气质。

在新课开始前，我会询问学员："你觉得自己重要吗？"有些人能不假思索地回答"重要"，那他们一定是喜爱自己的人，有些学员会吞吞吐吐，连这么简单的问题也不敢轻易地回答出来，那么他们一定自卑。没关系，我们可以带着问题进入课堂，希望他们在学习一番后能找回自信。

2. 将自卑转化为向上的动力

当你发现自卑的正向价值时，它也可以是我们的朋友。只要将自卑处理得当，也能成为我们努力和成长的催化剂，发挥不容小觑的力量帮我们跨越挫折的屏障，充满斗志地开始新的生活。

"现代自我心理学之父"阿德勒出身于维也纳的一个较为富裕的商人家庭。可是，童年的阿德勒却一点也不快乐。年幼时就遭遇了两次车祸，留下了恐惧死亡的心理阴影；5岁时，又患上肺炎，医生都以为治不好了，阿德勒却奇迹般地活了下来，因此他有了当医生的梦想。可家中排行老二的哥哥高大健壮、人见人爱，是典型的模范儿童，而他却因疾病而身材矮小、面容丑陋，还是个驼背。上学时，阿德勒数学特别差，连老师都说他只能当个修鞋工，但他没有放弃，有一次还解出了让数学老师都感到头疼的数学题，这让他获得了极大的自信。1907年，他发表了有关由身体缺陷引发自卑的论文，从此声名大噪。

阿德勒用自己的经历告诉了我们"不可能也可以变成可

能"。无论是身体的缺陷还是其他原因引发的自卑都可能折磨人的精神，从此一蹶不振。但让我们看看自卑的另一面，我们也可以像阿德勒一样将自卑转化成发展人格的动力。用更理性的态度面对挫折，通过后天的努力迎头赶上别人，超越自己，这就是阿德勒提出的"自卑与补偿"理论。

发奋图强地弥补自己的缺点，将缺陷转变为自己的优势。例如，通过持续的体育锻炼来增强体质；或用其他的机能以弥补缺陷，例如失明者的听力或触觉往往超乎常人，那么他们就可以利用这些发挥自身价值。你眼中的强者之所以是强者，是因为他们战胜了自己的软弱。音乐家贝多芬凭着对音乐的喜爱和追求，在完全失聪的情况下，依旧坚定信念与命运抗争，克服重重困难创作了《第九交响曲》。

磨炼意志是这场拉锯赛中的推力，追求更大的成就是优越感的拉力，超越自己是不断激励的动力，三力既有内在联系，又相互支撑，将你拉出不自信的泥潭，创造出属于自己的幸福生活。

你要知道世界本就不公平，不要去责怪世界，也不要去怀疑自己是残次品。试着与眼中那个弱小卑微的自己和解，在前行的路上，不断提升自己的认知，丰富自己的生活与阅历，成为更有目标的人。不骄不躁，不卑不亢，充满着激情与活力，才能用豁达的心去享受人生的美好时光。

无处不在的抱怨

为什么很多人活得不快乐,为什么现在物质这么丰富,而我们的幸福感这么低,呈现出一幅众生皆苦的画面。因为我们活在了抱怨里,活在了指责里,就像是内心弥漫着一团黑气,掩盖住了生活的光亮;就像是一块汲取着祸水的海绵,不断吸收着负面能量。

"怎么倒霉的事总发生在我身上。"

"这个学校就是太垃圾了,不仅饭菜难吃,什么知识也没学到。"

"我老公一回家就躺着,好吃懒做算一个,还不会赚钱。"

"为什么我不是富二代,这样我就不用上班了,喜欢的女生也不会离开我了。"

"我妈真的太啰唆了,什么都得管着我,烦死了。"

老婆抱怨老公,父母抱怨孩子,彼此相互抱怨,这些无处不在的抱怨充斥在生活的点点滴滴中。更可怕的是,这些都是我们潜意识的想法,甚至不需要思考就将不满的情绪全都从肚子里倒了出来,给自己的失败与不幸安上一个合适的借口,埋怨上天的不公平,谴责他人的不理解,通过别的事物或人来逃避自己的问题。

抱怨让我们变得挑剔、计较、刻薄,不但自己不快乐,更会吸引不幸。起初,你并不相信事情会发生,只是防患于未然,但是随着抱怨次数的增加,你开始相信事情可能会发生,甚至觉得事情马上就要发生，陷入了负面情绪中，也就无法积极地工作和生活了。

在一次聚会上，一位朋友向我们分享了一件关于"抱怨"的故事。

前段时间，她的公司正在招聘设计师，面试时需要携带自己的简历以及设计案例的图纸。当天有不少面试人员在会议厅外等候，其中有一位女生可能想要缓解紧张的情绪，便向工作人员要了一杯水。结果当工作人员把水递给女生时，不小心打翻了杯子，水全部洒到了图纸上立刻变得皱巴巴的，文字和线条都有些模糊不清。原本朋友还在会议室里面试其他人，突然就听到门外传来了喧哗的声音，她将门推开一条缝，便看见这位女生正在火冒三丈地埋怨工作人员太不小心了，影响到她的面试。即使工作人员向她道歉了，她依旧不给别人好脸色看，还坐在位子上不停地叹气。最后轮到了朋友面试那个女生，只见她一坐下，就开始解释着纸为什么会被打湿，甚至指责起那位工作人员。等女生说完，朋友只问了她一句话："你是不是觉得自己的运气不好？"

最终，朋友没有录用那位女生，并对我说道："喜欢抱怨的人，是无法认真工作的。当我面试她的时候，她应该先心平气和地介绍自己，即使没有作品的图纸，也可以向我展示她有哪些优势，这样我也许会对她另眼相看。可是她着急解释又不断抱怨，即使我招她进公司了，她也经常会产生不满情绪，甚至影响到周围的同事。"

无用的抱怨只会消耗你的能量，当你开始抱怨时，不幸就已经找上你了。特别是在工作时,我们更需要调整心态,持续发挥才干,工作自然会蒸蒸日上。

如果你身边有经常爱抱怨的朋友,你会被动接受诸多负能量,然后不可避免地被一起同化。这是因为情绪有一定的感染性。如果一个人整天在你面前抱怨工作不顺利,生活不快乐,通常你会映射在自己身上。相反,如果一个人整天表现出积极生活、幸福美好的一面,随着时间的推移,你也会有一个良好的心态和乐观的状态。

例如,你的闺蜜一直向你抱怨她的老公怎么样,宣泄着各种不满的情绪,当你的大脑听到这些牢骚和意见后便产生共鸣,影响了你的思维。你开始回想起自己老公平时的行为,发现他和闺蜜老公一样,也不爱卫生还不会体贴人,于是你越来越愤怒,越来越悲观,这就是抱怨的"传染病"。所以远离爱抱怨的人,因为他们会直接影响或决定你会变成怎样的人。

那么,如何避免陷入抱怨的情绪中呢?

1. 学会换位思考

我曾接过一个婚姻咨询的案例:案主想着老婆怀了孩子,不想她太辛苦,便建议她辞职在家做全职太太,老婆犹豫了一段时间后还是决定为了经营好家庭辞了职。可一年后,案主却觉得自己和老婆越走越远,共同语言也越来越少,关系逐渐僵持。每当他忙完一天的工作后,他以为等待他的是让他心头一暖的热饭热菜,现实却是老婆不停抱怨的冷言冷语。总是指责他回家太晚,指责他不照顾孩子,指责他不像从前那般关心爱护她。

案主这样说道:"可是我加班不就是为了完成业绩吗?每天

起早贪黑地工作不就是为了养家糊口吗？她根本就不体谅我，不知道我的难处，只会像怨妇一样阴沉着脸，不停地哭闹和埋怨，甚至说后悔嫁给我了。我现在想到那个充满怨气的家，宁愿加班都不想回去了。"

听完他的倾诉，我明白了他的痛苦之处，同为女性，我也能理解他老婆的感受。在婚姻中，夫妻往往都会经历一段权利斗争期，在这一期间，两人会期望对方能达成一致的生活习惯、思维方法、育儿理念等等，在磨合中争斗，甚至产生倦怠。如果能做到设身处地为彼此想一想，努力给大脑一些积极暗示，主动调节不良情绪，或许问题就能迎刃而解，抱怨自然就少了。

"你需要换位思考。"这是我给他的第一个建议。当案主都没有尝试去理解他老婆的难处时，如何要求他老婆也能感同身受地理解他的不易呢。"无论是怀胎十月还是一朝分娩，其中的痛苦你都无法承担。即使辞职在家，也并非你想象的那般惬意，你的老婆需要照顾小孩与父母，还要做家务。你在工作的战场上奋斗，她也在为这个家庭付出着。当你回家后看到的是一个时刻抱怨的老婆时，可能她刚刚一个人将哭闹的孩子哄睡着，已经累得筋疲力尽了。如果你能拥抱一下她，或者让她早些休息，她也会意识到自己不停地抱怨是不对的，也会温柔地与你交流孩子的日常，体谅你工作辛苦，想着明天要给你炖汤补补身体。可如果你是不耐烦地让她不要再说了，她可能会变本加厉地抱怨。"

学会换位思考是人生的必修课。多站在他人的角度去考虑问题，懂得将心比心地相互理解，你会发现与人相处并没有那么难。停止抱怨不仅能让自己豁然开朗，还能避免很多矛盾的产生，人际关系也更加融洽了，社会关系也更加和谐了。

抱怨的时候，不妨换个角度看问题，换个思维去排解。心平气和地走好人生每一步，世界就会少了些恶意，多了些善意；生活也就会少了些不幸，多了些幸福。

2. 解决眼前的问题

抱怨是成功路上的阻碍，爱抱怨的人总是将自己立于受害者的角色中，喋喋不休地诉说着自己的难处与不幸，宣泄着对他人的不满。实则抱怨只会自乱阵脚，解决不了任何问题。

之前提到过那位面试的女生，当简历和图纸被打湿后，如何成功地从面试者中脱颖而出才是她首要思考的，在她坐立不安、不停抱怨的时候，她其实可以用这个时间来想办法解决眼前的问题，例如将手机中备份的简历发给工作人员帮忙打印一份，或者在脑海中排演一下怎么在面试中更完美地介绍自己。

坦然地面对问题，沉着冷静地解决问题，才会获得成功的机会。

小魏和小向在同一家公司上班，公司突然安排了一个紧急的项目，需要两天内写好方案并定稿，小魏一边发着牢骚，一边不情不愿地进行着这个任务。好不容易在见客户前完成了方案初稿，他必须一大早就开一百多公里的车，顶着黑眼圈去见客户。在路上，小魏不停地向小向吐槽着公司如何无情地压榨他，客户如何百般地刁难他，小向听着小魏的抱怨，笑了笑没说话。

而小向的态度却截然不同，他只关心方案最终完成的质量。

在小魏抱怨客户要求又多又高时,小向已经罗列出了各种成本,尽可能地降低预算,并设想出了更多有创意的活动,尽可能地让客户满意。面对高强度的工作,不抱怨几乎是不可能的,小向也可能抱怨过一两句,但他会迅速地调整心态,并对自己说:"这是我必须处理的工作,抱怨并不能帮我写出完美的方案,只会影响我打字的速度。"

一年后,小魏因为不堪忍受工作的艰辛而离职了。但小向却凭借着自己的专业能力当上了公司的部门主管。抱怨慢慢拉开了人和人之间的差距。心生抱怨是人面对挫折和不幸时的本能反应,而解决问题却是一种升华自己的本事。

有的人只关注硌脚的沙子,走几步路就抱怨一次。

有的人只关注眼前的路,完全不在意脚下的沙子有多少。

尽最大努力去争取进步,一心想着解决眼前问题的人,才能走得越快越远,抓到属于他自己的小幸运。

3. 怀着感恩的心

你很难让抱怨的人闭上嘴巴,每次他们都会揭开伤疤给别人看,因为只有说出来了,他们才会内心舒服。

不去珍惜拥有的东西是产生抱怨的原因之一。那么学会感恩,可以避免抱怨。戴着抱怨的黑色墨镜去观察生活,目光所及,皆是灰暗。而带着欣赏和感恩的眼光去善待生活,生活才会善待你。

每天晚上睡觉前,回想一件当天值得感恩的事情,最好是具体的小事。可以是同事给你买了杯奶茶,可以是下班回家看到了热乎饭菜。怀着感恩的心看世界,世界才不会那么讨厌。

无论是福是祸，以乐观的心态顺其自然地接受，感恩生活给予你的一切吧。

既然人人都会抱怨，那我们来看看抱怨有什么作用呢？

首先我们要知道抱怨不是绝对不好，盲目的抱怨会带来不好的结果，当你用语言攻击的对象是人时，别人会感觉你在针对他，严重影响了你的人际关系，那么正确的抱怨则是对事不对人。另外一个误区是把抱怨当作转移责任的手段。他们想通过抱怨来获得别人的同情，让别人站出来帮他们解决问题，例如妻子抱怨做家务累，是期望丈夫能一起帮她把家务做好。

凡事有弊就有利。抱怨的人不会憋出内伤，如果心中有埋怨，却一直强忍着不爆发，很有可能导致抑郁的产生，这种难过或不爽的感受憋在身体里太久了，对我们的健康会产生威胁，久而久之，人也会失去了活力。适当的抱怨才是发泄情绪的通道。

将"抱怨"不可能变成"挑战"不可能，是它的正向价值。生活中，学生会抱怨做作业难，销售会抱怨找客户难……当客观条件不能满足自己需求的时候，想一想为什么这件事好像不可能完成，是不是自己的能力不够，那么我们应该注重提升自己，让不可能变成可能。

如今，孩子每天面对堆积如山的作业，以及绞尽脑汁也不一定解答出来的题目，怎么可能不抱怨呢？但抱怨或许也有积极的一面，它可以让学生有一个情绪的发泄口，即使学习压力很大，他们依旧咬咬牙坚持了下来，一边抱怨现实的残酷以及学习的苦闷，一边埋头练习克服困难。将抱怨化悲愤为动力，以更好的姿态去面对生活。当他们搞懂了不会的知识点，做完了不可能完成的作业时，他们将会认识到自身的力量，并发自内心地肯定自己。

不要用生气惩罚自己

首先，我们来看看"怒"这个字，上面一个奴，下面一个心。怒者，心之奴也。

一个人如果控制不住自己的脾气，动不动就生气发火，他就成了情绪的奴隶。生气，似乎是人们最常见的一种情绪。但经常生气的人只会和幸福人生渐行渐远。

曾经有位母亲来找我做咨询，问题就出在她的女儿身上，小女儿经常脾气失控，甚至会有摔杯子这样的冲动行为。稍有不顺心，她就喜欢发脾气。例如她上课迟到受批评，回家后拿妈妈出气，怪妈妈没有早一点儿叫她起床；考试成绩不理想，她生老师的气，说老师出题太难又奇怪，弄得她做不出来，气得要把试卷撕得粉碎。

由于愤怒常常是突发性的情绪反应，所以难以控制。青少年在十五六岁的年纪，大脑产生情绪的器官组织已经成熟，换句话说，作为成年人的情绪在青春期的孩子身上都会产生。但孩子的情绪自我调控能力较差，冲动性较为明显，没有找到属于自己的发泄方式，因此常常在不该发脾气的时候发脾气，甚至会为了小事打起来。

还有一种向内的愤怒，例如有些青少年会拿起小刀划自己的手臂、手背。所以，当孩子愤怒时，家长需要耐心地倾听和温和地引导。努力去理解他的愤怒，为他排忧解烦。

人一辈子犯的错，很多时候是因为生气。

大多数人在生气时都会失去理智，不再顾及他人的感受和想法，口无遮拦地说出伤人的话，伤害到周围的朋友和家人。说者无心，听者有意。生气时说的话，犹如钉在墙上的图钉，即使事后把图钉拔掉了，墙上的洞依然不会恢复，就像内心的伤痕不会消失一样。所以口头的伤害并不比肉体的伤害低，有时候，一句伤人的话，就足以改变一段关系。

朋友阿远和妻子是大家眼中的模范夫妻，我曾问到两人感情保鲜的秘诀，阿远笑着说："其实哪有那么多秘诀，只是我们之间有一个约定。就是吵架后，不可以马上指责对方、骂对方，而是双方先保持沉默，各自回到房间里做自己的事情。当然也不能是冷暴力，当大家都冷静一点后，再和对方好好沟通，一起解决问题。"

我问道："为什么生气时，要先保持沉默不说话呢？"

阿远说："因为我们发现生气时，大家都无法控制自己心中的怒火。甚至有时候会故意说反话和狠话，难以确保自己下一句说的话有多伤人。"

阿远的回答，其实真的很有道理。在意识到自己生气的时候保持沉默，并不是逃避问题，而是让自己沉下心来思考方法，更好地解决问题。这样生活里的很多矛盾，就能轻松被化解。

在亲密关系中，很多男性总是不理解，为什么自己的另一半总是莫名其妙地生气。

其实女人在吵架的时候，更多在意的是男人的态度，而不是事情的对错，相比起只要吃饱穿暖玩个游戏，再加上一点人身自由，就已经乐呵呵的男性来说，女性更加感性，一句话，一个眼神，一个举动都有可能触碰到女性敏感的神经，很多女生一旦生气，就会情绪膨胀，变得爱钻牛角尖，甚至不吃不喝，感觉胸口喘不上气。

你是否有过这样的一瞬间，在忍不住冲着孩子或老公又或是父母发火后，过了一会你突然开始懊恼："我怎么发了这么大的脾气？"这是因为他们是你最亲近的人，在亲人面前，我们卸下了在外假惺惺的微笑和一片祥和的面具，将压抑着的不快乐一股脑地转移给他们。正是拥有了他们包容你、纵容你、爱你的底气，你才总是显得更肆无忌惮。而且，快节奏的时代好像给予不了我们充足的时间去整理情绪，因为我们需要做的事情太多了，日程安排得越来越满，一旦一件事情你没做好，你就会懊恼，于是又带着情绪去工作或是接孩子，等等。

有人说："女人有生气的权利，生气是女人最擅长的沟通武器。"很多时候，男人嘴里的无理取闹，其实是女人想被多一点关心、关注，而采取的不恰当的宣泄方式。当然，在生活的琐碎里，爱情终归平淡，随着年龄的增长，她更需要爱人对她的肯定。

目前，宫颈癌和乳腺癌在女性人群中的发病率一直居高不下，一部分就是生气导致的。气不顺就容易诱发各种疾病。最初你只是不愉快，时间久了，小气憋成了杀人不见血的大气，不是积在胸部伤乳腺，就是积在腹部伤宫颈。随后形成了肿瘤，一旦恶化就成了癌症。

面对生活中的不如意时，牢记"气大伤身"这个道理，不要捡起这个沉重的情绪包袱，不要拾起这个易爆的情绪炸弹，学会用宽容的心去理解，用博爱的心去包容，避免让愤怒占领了你的情绪高地。

我们可以把生气作为一种仪式，给自己三分钟发泄和调整。容许自己用三分钟来生气，释放一下自己的坏情绪。但是，我们一定不要在坏情绪中停留太久，以免被愤怒困住，走不出来。

如果长久地沉浸在生气的情绪中，那就问问自己："真的值得自己生气吗？"

有的人可能会说："我就是咽不下这口气，就是想生气。"你看，你已经用别人的错误来惩罚自己了。

当你的大脑在与愤怒焦灼地对抗时，请保持一丝冷静的理智，不要为了鸡毛蒜皮、无关紧要的小事发火，甚至抓狂。先分析一下你的行动可能带来的后果以及如何为了获得最大的利益而行动。这是可以让情绪逐渐稳定、控制冲动的能力。

如何吹灭愤怒的火苗呢？

1. 对大脑说不要生气

在愤怒之火还没蔓延开之前，我们要做的就是自我控制，尝试着提醒自己不要生气，生气会影响彼此的关系，生气会伤害自己的身体。前段时间网络上流行一句话："不要生气，不要生气，生气是给魔鬼留余地。"我们也可以一边深呼吸，一边默念三遍这句话，并且在与他人交流时，一定要缓和自己的语气，尽量不要使用强烈带有个人情绪和侮辱性的言语。

2. 眼不见心不烦

生活中，有些人或事物会直接或间接刺激到我们的大脑，以至于你一看见他们就会怒火攻心，想起各种不愉快的经历等。如果条件允许，那就索性不见。例如分手后，你一看见床头柜上前男友送的摆件，就会联想到他做的一件件过分的事情，于是又气呼呼地在内心不停地谩骂他。你索性就把这个摆件丢进垃圾桶，眼不见心不烦，斩断那个让你生气的苗头。再比如，很多男性在和妻子争吵过后也会很生气，但不可以用拳头来发泄怒火，这时候男性可以选择出门四处走走，眼不见心不烦，一个人一边散步一边冷静，当再次回家时，男性的语气就会明显缓和了。

3. 心平气和地解决问题

生气往往是因为事情超出你的控制范围，你就变得怒不可遏。难道事情真的没有办法解决吗？即使没有办法解决，难道就没有补救措施吗？解决问题的关键就是把精力放到可以控制的事情上，不要都浪费在发火上。

例如，你一回家就发现楼上漏水漏到自己家了，于是你气势汹汹地上楼，用力地敲门，还没等别人反应过来，你就将别人劈头盖脸地指责一番。若遇到怕事的，别人还会胆怯地赶紧解决，但心中可能会埋怨你语气不好、素质低下。若遇上蛮不讲理的，你的怒火也会将他点燃，于是两个人就像噼里啪啦的爆竹，互相指责，互相厌恶，造成了更加紧张的局面，而漏水的问题很难快速并且妥善地解决。但如果你一开始是心平气和地上楼告知他事情的缘由，并将漏水的照片拍给他看，别人只会不好意思地快速解决漏水的问题。这就是学会用智慧解决问题。

4. 认识愤怒的价值

愤怒并不可怕，可怕的是因怒火而产生的破坏性的行为和能量。现在让我们了解一下愤怒的价值是什么。

动物有自己的领地意识，人也有自己的防范意识。当有人触碰到自己的底线时，你就会化身为一只充满战斗力的狮子。

愤怒就像是一个重要的警报信号，它在用不满、狂躁的感受告知你：

"你的利益被侵害了。"

"有人打破了你的底线。"

"你的需求不能被满足。"

帮助我们了解自己的需要和底线就是愤怒的价值，这也体现出了自尊的力量。

愤怒只是一种情绪，暴力或者其他的行为是愤怒的衍生品。当你不断退缩却依旧被侵犯时，很难做到不愤怒。你可能会想：

"他怎么能这样对我？"

"这也太过分了吧！"

当得不到尊重、不被重视、不被理解的时候，我们势必想要得到合理公平的对待，这时就需要采取行动来维护自己的权利。因此，愤怒也有它的积极意义，它在提醒我们在何时需要维护自己，但处理问题的方式也很重要，切记不要冲动！

其次，愤怒能给予我们战斗力。就像斗牛士挥舞着红布时，公牛会被激怒，从而变得更兴奋，开始拼命地追逐红布。人类愤怒时也会心跳加快、肌肉紧绷、浑身充满战斗力，甚至在一气之下做一些你平时没有做过的事情。

有时这个战斗力就像给你安上了马达，让你拥有力量去对抗、去保护自己，去争取得到别人的尊重，而有些内心黑暗的人会运用这股力量去破坏、去攻击别人，去侵犯他人的利益，从而造成了悲剧的产生。这就是使用力量的偏差，学会合理运用战斗力去改变自己、提升自己才是追求幸福的途径。

负面情绪的正向价值

负面情绪存在的目的是保护我们自身的安全，从人类的起源到发展来看，我们的大脑通过进化形成了一些固有思维，它只是在担忧我们的生存罢了。当危险靠近的时候，你会产生焦虑、紧张、愤怒等负面情绪，无论我们想不想产生负面情绪，你的大脑都希望你生活得更好，会潜意识地出现各种念头试图帮助你抵挡危险入侵。

负面情绪一定就是坏的吗？其实并不一定。你也许讨厌自己产生负面情绪，甚至觉得大脑出现了故障在误导你，它过度监视你的举动，干涉你的生活，已经对你造成了影响和困扰。但其实，这些都是正常反应，请不要害怕，也不要排斥负面情绪。

情绪越大，它所传递的信息就越多越重要。如果你关上门窗，杜绝它的靠近，抑制着自己的情感，你的大脑就会像一个扩音喇叭反复不断地重复你所抗拒的那些情绪。情绪是你内心的感受和专注的需要，只有懂得接受情绪，才能与自己和平相处。

学会利用大脑对我们天生的保护欲，发掘出负面情绪的正向价值，给自己的人生安上翅膀和发动机，从而飞得更快更稳更安全。

为了让大家更好地接纳负面情绪，你可以将它想象成一个贝壳，它外表坚硬，有防止碳酸侵蚀的作用，就如同大脑卫士在帮你杜绝所有伤害。贝壳的内里由于内分泌作用生成了含碳酸钙的文石晶体，就是珍珠，如同负面情绪产生的正向价值。

如果你想得到珍珠，那就需要合理调节负面情绪，将它转化成为生命的礼物。有些人想方设法想解决痛苦，甚至一劳永逸。但我们要知道快乐与痛苦是一直伴随而行的。它们相辅相成、相互转化。当你遇到痛苦时尽量接纳它、转化它、面对它，将它重重踩在脚下，转化为通往成功的基石。

而这段时间我也遇到了需要转化负面情绪的事情，写这本书的过程就像是在不断消耗自己。我将自己的所思所想所学全都掏空，将其融入文字中，同时也让我察觉到了自己的不足之处。这和我平时看书的过程是截然不同的，看书时自己就像是一块海绵，畅游在知识的海洋里。例如这本书的行文体例原本在脑海里已经构思得很清楚，但要一字一句写出来时，却发现不是这么回事。挖空心思，想要尽可能更完善地表达，使我陷入了无所不在的焦虑中。

越是认真对待，这越是一个痛并快乐的过程，每当我坐在电脑前雕琢字句时，颈部和肩部的肌肉几乎会立刻紧绷起来。

但这种痛苦的焦虑很快被我转化成了学习的动力。前段时间，我邀请董宏猷老师为我的书写推荐序，并将我写好的前言给他看，想着让董老师帮我看看是否还有哪些不足之处，没想到董老师评价很高，这也瞬间减少了我这段时间的焦虑。想着，未来能通过这本书让更多的人了解和幸福相关的心理学，学会如何掌握情绪，懂得创造出自己的幸福。焦虑的痛苦逐渐转化成了全神贯注写作的动力，使我查漏补缺地不断学习、不断成长。

如今，写这本书对我来说已经是一个享受的过程，痛苦的另一面就是快乐，我将焦虑转化为学习的激情，这就是负面情绪送给我最好的礼物。

在我们看似乏味而痛苦的生活中，其实到处都藏着幸福。学会在沮丧中寻找幸福，从不同的角度看问题，你会发现负面情绪也有正向价值。

在我看来，情绪并没有好坏之分，前文中的几个小节里，我已经提过了悲伤、焦虑、自卑、愤怒的正向价值，现在来讲讲其他负面情绪的正向价值吧。

☆ **压抑，能够让我们获得一定的安全感**

压抑情绪的产生是自我防御机制的一种。压抑情绪，就是将不能接受的冲动、情感等暂时放置到潜意识之中，从而避免焦虑、紧张和冲突行为的发生。

过度的压抑情绪会消耗我们的身体，但适当的压抑情绪也有积极作用，它能使处于萌芽状态的自我受到保护而不受本我的攻击。人们常说，成年人的生活没有容易二字，连情绪崩溃都无法随心所欲，要挑时间，要看场合。而压抑是为了控制某些不适当的冲动，避免影响工作和生活，在我们还不想面对冲突的时候，它给予了我们成长的空间去调整自己和片刻的平静去修整自己。

因为没有做好准备，所以忍一忍风平浪静，等到足够强大时，你可以充分发挥潜在的能力，保证自己有实力、有勇气面对冲突，表达真实的自己。

但压抑久了，有些人会成为习惯，面对任何问题都会下意识地选择退缩，就像在躯壳里待久了会不适应走路，委屈、愤怒、自卑也接踵而来，解除办法就是学会觉察和区分，让自己意识到今时不同往日了。当你已经长大成年了，已经有足够的能力了，已经不需要压抑自己了。

☆ 嫉妒，能够让我们意识到我们缺失什么和想要什么

嫉妒是一种隐形的心理落差。当人们开始忧虑自身的脆弱时，就会对别人的强势加以察觉和防范。

其实从儿童时期起，因为家长和老师的刺激和比较，孩子就会对成绩好的同学产生嫉妒，对拥有更多父母关爱的朋友产生嫉妒。长大了，遇到什么都比自己高出一筹的竞争对手，也习惯于在背后将其贬低得一无是处，本质上，这些都是嫉妒者心里羡慕的对象，因为他们拥有了自己想要的东西，达到了自己想达到的目标。

例如，面对打扮时髦的女性，总会有些人站出来说："你看她，裙子穿得这么短。""哼，一看就是整的，长得也就一般嘛。"他们用着轻蔑的口吻来贬低他人，提升自己的优越感，实则在掩饰自己内心的自卑。

反观，一个精神得到满足的人，在家庭中幸福的人，往往不会因为别人的优秀和成功而去嫉妒，他满足于自己所拥有的事物，过着简简单单的生活便再无所求。

嫉妒是一种精神的匮乏，它的正向价值就是在告诉你缺失的和想要的东西。而填补这样一种精神匮乏的方法就是，首先观察自己的内心，检查内在需求，再承认自己的缺失。不要因为一些物质和精神的需求得不到满足，就让自己变得乖戾暴躁。多回头看看自己拥有的，享受自己得到的快乐，并通过努力去争取自己想要的，弥补自己缺失的。如果不想要，那就彻底放下。

☆ **无聊，提醒我们应该追求生命的意义**

生活中，人们普遍认为无所事事便是无聊的表现。其实就算我们每天奔波在为了房子、票子、车子而努力前行的路上，也时常会感受到无聊。它来自你内心空虚、缺乏目标、无法获得认同感和成就感的精神状态。但其实我们可以在感到无聊的时候，探索内心的需求，从而发现生命的意义，寻找自我的价值。

生活虽然时常无聊，但我们可以让自己有趣地生活。面对这种无聊的心理，你需要重建生活意义感的动力。如今，大多数人将网络社交和短视频当作驱散无聊的良药，但其实，它们营造出"假嗨"的骗局，实则让生活变得更加乏味。

　　的确有很多方法可以打发和消磨人生，但你会渐渐发现它们填满的只是时间，而不是心灵。就像被虫子啃食过的苹果，外表完好无损，内里腐烂不堪，这是因为我们的投入感和能动性不强，只知道不断地被湍急的溪流推搡着前行，却忘记了前行的意义，失去了与自我的连接。

　　当无聊出现时，你的人生警钟已被敲响，它提醒你要停下脚步思考人生的意义。"这真的是你想要的生活吗？""这真的是适合你的工作吗？""你的人生就该碌碌无为吗？"当无聊出现时，请不要逃避，不要分散注意力，不要急着给自己找事做，不要投喂那些精神的垃圾食品。

　　无聊感是为了帮助我们而演化出来的，为我们传递着重要的信息，提醒你该满足对精神投入的需求了。如果你感到索然无味了，就好好规划一下人生的航线；如果你感到无精打采了，就试试改变自身所处的环境，或者想办法实现自己的愿望，通过挑战充实自己，通过创造去实现自己的愿望。

情绪主宰着你的健康

　　美国催眠大师斯蒂芬·吉利根说过："如果没有身体的佐证，一个道理对你而言就可以说是一个谎言。"

　　身体是心灵的镜子，你的身体会说话，你知道吗？

过去，人们可能会更注重是否吃得饱，是否穿得暖。如今随着人们逐渐实现小康生活后，更多的人看向精神领域，个人的情绪变化。能不能更快乐地生活，幸不幸福是人们更关注的问题。因为身心合一，心理健康和身体健康是同等重要的。

中医里常说"六淫七情"是导致疾病产生的邪气。

六淫是外来邪气，指"风、寒、暑、湿、燥、火"。中医把这种外在的对人身体影响的六种原因叫"六淫"，这是一种"虚邪"。例如你一夜没盖好被子，着凉了，我们会说寒气入骨，寒也是一种能量，虽然你看不见它，但它会通过皮肤进入我们的身体伤害我们。

七情是内生邪气，指"喜、怒、忧、思、悲、恐、惊"。这些是内在能引起你情绪波动的能量。哈佛大学曾有一个调查：90%的疾病来自我们的内在，来源于我们的情绪。《黄帝内经》里也有五脏与五志之说，每种脏器代表一种能量，代表一种情绪。

可见，情绪正在以一种悄无声息的方式主宰着你的健康。

那么，如何发现自身的"情绪病"，并解决它们呢？

☆ 病由心生与"以情胜情"

人们常说病由心生，这是一个事实，这个病就是情绪病。

《续名医类案》里记载了这样一个故事。

明朝有这么一个女子，从小和母亲相依为命，感情深厚。可女子刚结婚不久，母亲就因病去世了。女子深受打击，整日以泪洗面，茶不思饭不想，最终精神不振，无心行走，还时常胸闷喘不过气，只能躺在床上。面对病容满面的妻子，丈夫请了不少郎中但医治效果都不好，后来，找到了明代的大医学家汪机。汪机一看便说："这是思念过度成疾了。"于是想到一个办法，找一个大仙儿过来，汪机让大仙儿以患者母亲的口吻说："你我母女前世本有冤仇。我死了，这是你在克我。我在阴间知道这事儿以后，想要找你报仇，所以我才让你整日病恹恹的。"古代封建迷信，人们通常信以为真。

于是大仙儿就在这女子面前，假装母亲附身还念念有词，结果女子一听气得从床上起来，从对母亲的思念之情一下转化成了愤怒。渐渐地，女子不再深陷悲伤了，变得越来越正常，最终也痊愈了。

这就是典型的病由心生的案例，也是中医运用情志调节之法来治疗疾病的案例。身体状况会影响心理，同样心理状况也会反映在你的身体上。

女子因为思念母亲而导致气结。肝属木，脾属土，在五行之中，木克土。而肝主怒，脾主思，所以怒胜思。汪机故意让大仙儿激怒女子，来解开她的气结，减轻思念过度而导致的症候。

古人利用不同情绪之间相互制约和影响的关系，来调控、治疗另一种极端的情绪，使即将被破坏的机体平衡得以恢复，从而改善身心，这就是以情胜情疗法。

依据《内经·素问》中所言，有"悲胜怒，怒胜思，思胜恐，恐胜喜，喜胜悲"等疗法。经过古人千百年的实践，证明了是有效的情绪转移法。

"杯弓蛇影"这个成语大家也都很熟悉，东汉太守应劭著的《风俗通义·世间多有见怪》中写道："时北壁上有悬赤弩照于杯，形如蛇。宣畏恶之然不敢不饮。"乐广的朋友将墙上悬挂的雕弓的倒影误以为酒杯里有一条小蛇在游动。从而疑神疑鬼，总觉得肚子里有条小蛇在乱窜，惊恐万分，什么东西也吃不下去，由此产生了身体疾病。

可见，情绪与健康有着密切的联系，这在生活中处处可见。

例如，当我们愤怒或者怨恨时，可能会引发皮疹、过敏、心脏病、脓肿等疾病；当我们困惑或者气恼时，可能你的呼吸道会不畅，引起感冒、肺炎、哮喘；当你焦虑或烦躁时，你可能会产生高血压、偏头痛、溃疡、听力障碍、近视；而当你悲观或者恐惧时，低血压、贫血、肾病、癌症便容易找上你。

总而言之，很多病，是需要心药来医的。我们活在这世上，就算什么都控制不了，但至少可以尝试控制我们的心情、心态。

☆ 器官的警示与积极情绪

负面情绪对身体健康有着很大的影响。两千多年前，我国古人就有"怒伤肝""思伤脾""忧伤肺"与"恐伤肾"等说法。情绪低迷时，你不仅会觉得烦心事一个接一个，让你愁眉苦脸、招架不住，甚至还经常跟别人发脾气，导致人际关系紧张。长此以往，你的健康就会亮起红灯。偏头疼、胃疼、体力不支、呼吸不畅，这些都是情绪的警示灯。

而对于女性来说，乳房是情绪的重灾区。多数左乳腺癌患者是身体上的压力过重导致的，她们常常会以对方的想法为优为先，使自己过度操劳、身体疲惫。右乳腺癌患者则是长年累积的精神压力导致的，大多数患者都有着家庭问题。

情绪在你的身体里停留得越长，你的病症就会越严重。也许你会说我现在明明很健康呀，但随着时间推移，那些心灵深处隐蔽的伤口逐渐腐烂，早晚会在你的身体里留下一道道痕迹的。

负面情绪会引发疾病，积极情绪则会对我们的健康起到促进作用，甚至可以治疗疾病。

科学家认为，沉着、谦让、坚定、高兴等积极情绪，能够刺激脑垂体，实现荷尔蒙的平衡，积极情绪的疗效可能比药物更有效。想必你也一定听过，一些身患重病却依旧努力求生的患者，他们每天在病房里和隔壁床的患者聊天说笑，下午坐着轮椅在医院晒太阳。正因为积极情绪的力量影响着他们，最后他们才能摆脱疾病的魔爪，重获新生顺利出院。旷达的心态、愉悦的心情是面对疾病的良药。

在通往幸福的道路上，我们遇到的最大的敌人，不是穷困潦倒，不是生老病死，而是情绪不佳。

当代社会，很多人为了工作疏忽了健康，因为娱乐漠视了休息，使自己的身体提前处于亚健康状态。要知道，你的身体是"1"，而财富、名声、地位……这些外在的条件都是"0"。没有健康的身体，一切都是空谈。尤其是疫情过后，千金难买健康身，成为很多人追求的首要。不要透支自己的健康，要关照自己的情绪，才能更幸福地生活。

第九章 社会关系的力量

阿列·博克研究计划

在过去,大多数的人都将"吃饱穿暖"当作是一种幸福。经常能够听到老一辈的人说,在他们那个年代,唯一的追求就是吃饱饭,如果逢年过节,能够吃上一口肉,那可真是太幸福了。

而随着科技的发展,技术的提升,绝大多数人再也不会为吃穿而发愁了,顿顿都能有肉吃。可是优越的物质生活似乎并没有给人带来绝对意义上的幸福,相反因为抑郁症而自杀的人在不断地增加。很显然并不是物质条件好的人就一定更幸福。

为了彻底地了解在我们的生命进程中,到底是什么才使我们更快乐,什么样的人活得更幸福,哈佛大学卫生系主任阿列·博克做了一项实验,这项实验已经跟踪研究了82年,迄今为止还在继续。

在1938年,他组织了一支科研团队,这个队伍的成员都是来自研究界各个领域（例如生理学、人类学、心理学、精神医学等学科）的精英，并选取了两批截然不同的研究对象。

第一批268名年轻人是人们口中的"人生赢家"，他们就读于美国最好的大学，并且体格健壮，心理健康，学习成绩也十分优异。另一批则是456名出身于贫困家庭的年轻人，他们大部分住在廉租公寓里，生活环境十分恶劣，受教育程度不高，父母也没什么文化。

实验开始之后，工作人员每两年对研究对象进行一次调查问卷，问卷内容主要是自己身体是否健康，精神是否正常，婚姻质量如何，事业成功失败，退休后是否幸福等问题，研究者根据他们交还的问卷给他们分级评定。有A到E几个级别的选项，A就是最好，E就是最糟。另外5~10年间会有专业研究员来拜访他们，通过调查的资料和观察他们谈吐、肢体来了解他们的真实现状。

在2015年11月，也就是实验进行到77年的时候，研究项目的第四代主管，罗伯特·沃尔丁教授在TED演讲，做了一个阶段性的研究总结："只有好的社会关系，才能让我们幸福。"也可以理解为能良好地处理身边人际关系的人，往往更加容易感到幸福。

在传统观念里，幸福人生总是离不开事业成功，家庭和睦，因此很多家长在孩子小时候就开始督促他们努力奋斗、力争上游，可为什么"社会关系"这个因素会成为获得幸福的关键呢？

如果你真正观察，我们身上产生的许多情绪都是与人际交往有关，当你能够逗别人笑的时候，自己也会很开心。当你攻击别人的时候，自身也会被愤怒和仇恨的情绪所占领。而当你总是在孤独和寂寞的环境中时，是很难感受到幸福的。

在这场跨越七十几年、累积下几十万页访谈资料和医疗记录的研究中，人们发现：长期"被孤立"、处于孤独寂寞环境中的人，健康更容易受损，而那些跟家人亲近、和朋友邻居之间拥有良好交往的人，往往更快乐、更健康，也更长寿。

一百多年前，马克·吐温回首自己的人生，写下这样一段话，那是对我们最好的启示："时光荏苒，生命短暂，别将时间浪费在争吵、道歉、伤心和责备上。用时间去爱吧，哪怕只有一瞬间，也不要辜负。"

人活在关系中

☆ **与自己的关系**

人的一生就是不断了解自己的过程，我们理解自己首先是由自己的器官开始的，最开始在幼儿园的时候我们认识手指，鼻子，眼睛。小学的时候我们了解我们的情绪，高兴，生气，悲伤，无奈等等，等初中了我们理解我们和他人的交互，比如爱情友情，同窗等。再到高中了我们会试着去了解我们的理想，我们的目标。比如高考，比如就业等。

到了社会我们开始试着了解自己在家庭中的存在方式，如何做一个妻子或丈夫，一个母亲或父亲。每一个角色都是新鲜的，需要我们去了解，并掌握。

那么，为什么说"人际关系，本质上是人与自己的关系"呢？举个例子，一个人觉得自己不好，这儿也不好、那儿也不好，觉得自己不可爱。当一个人觉得自己不可爱的时候，他会认为别人怎么看他呢？当然也是觉得别人不喜欢他。那么，对于不喜欢自己的人，他们会怎么做呢？通常有两种方式：一种是去恨他们，另一种是讨好他们。结果很多人发现，越讨好越遭人嫌弃，恨回去更得不到爱。所以，这就是个恶性循环：不爱自己——觉得别人不爱自己——讨好或者恨别人——更招惹别人嫌弃——更不爱自己。

所以，不爱自己的人跟别人关系不好，本质上跟别人没关系。从心理学上讲，不被别人爱的根源，是自己潜意识中觉得自己不可爱、不值得被爱，所以心灵在人生中就编造出了"不被爱"的情节。

一个人可以极致地爱自己，就可以无条件地爱别人。因为当我们学会包容自己的不足和缺点，对身边人的不足之处也更容易包容和理解。

所以学会如何爱自己，这也是很多人一生的功课。如果你是讨好型性格、在两性关系中缺爱的人、原生家庭造成的性格问题，都需要学会爱自己。当我们内心真正地爱上自己，接纳自己，是很有可能不需要特别费力地去讨好别人就可以获得别人的爱和关怀。

有时候，我们会花很大的精力在和别人的关系上，却忽视了自己与自己的关系。

☆ 与父母的关系

"你生活中所有的难题，几乎都逃不脱你和父母的关系。"

在每个人的一生中，对我们影响最早、最大、最久的就是原生家庭。我们从出生开始，就一直受到系统成员的影响，或许我们看不见，但那些父母的思想观念、性格特点、行为方式、夫妻关系等又确确实实在潜移默化地影响着我们。一个人和他的原生家庭，有着千丝万缕的联系，而这种联系甚至会影响一个人的一生命运。一个人的婚姻是否幸福，通常在他成长的家庭和他童年的经历中就已经埋下了种子。原生家庭是学习个人情感经验与两性相处方式的最初场所。

正如国际顶级家排导师伯图·乌沙莫所说："所有的孩子都是爱父母的。当一个婴儿诞生在这个世界上，他是非常敞开、有爱、柔软的。他会打开自己的心，接纳外在的所有事物，包括他所得到的爱和周遭所有的压力。因为孩子会希望自己是归属于这个家族的，所以要共同承担家族中的一切，包括所有的压力和不快乐。"

原生家庭的影响往往具有很强的延续性，如果我们在原生家庭里受到的创伤，没有得到疗愈和成长，那么就很可能在自己孩子的身上重演。原生家庭的伤害之所以可怕，就是因为它会进入人的潜意识，不断支配人做出重复决定，形成恶性循环。

父母与孩子的关系模式，是孩子与其他人建立关系的基础，也是孩子的人格与情商的基石。一个人与父母的关系，往往会影响他一生的人际关系。

安全感是生存于世最重要的需求之一，而一个人最早的安全感就是来自自己的父母。父母亲密的爱，会让孩子觉得自己是被爱的，整个世界是安全而稳定的，从而形成对整个世界的安全感。所以，那些从小与父母亲密的孩子，长大后往往会更有自信，在人际关系中游刃有余。反之，孩子就很容易自卑，出现社交困难等状况。

一个孩子如果憎恨父母的某种行为，那么他长大之后，很容易出现两种情况。第一种情况是，不断地吸引那些具有同样特质的人，重复地感受那种痛苦和憎恨，一直无法解脱。第二种情况就是，他会无意识地变得和自己父母一样，在不知不觉中活成父母的翻版。

原生家庭对一个人的影响几乎可以说是致命的。一个人与父母的关系，可以影响一个人的人生命运。面对原生家庭的问题，像鸵鸟一样逃避是没有用的，最重要的就是去看见这一点，并且以一个成年的姿态，去重新修复与父母的关系，完成自己的人生功课。

无论在哪个家庭，我们内心深处都有这样一份爱的存在。它之所以会被隐藏起来，就是因为我们每个人都有很多伤痛，都曾经被某些人伤害过，也曾伤害过别人。但是当我们营造出合适的氛围，并且准备好去审视这些创伤，爱就会重新出现。而我们唯一要做的，就是去找到那份爱。

☆ **与自然的关系**

人类对自然的依赖除了有对物质的寄托，还包括对自然、审美、智力、认知甚至精神意义和满足的渴望。

在人类长期的进化过程中，我们在基因的遗传上就有偏好某些自然环境的一种机制，这些环境能够帮助人类获得更好的生存机会，规避危险以及获得食物等。比如：我们一般喜欢居住的地方都依山傍水，因为有水有山，获得食物的机会就变得非常大，生存的可能性也会变大。

自然会给我们人类带来很多的积极作用，是因为我们的基因对自然抱有天生的归属感与亲近感，这些感觉可以促进我们人体的一些化学物质的分泌并且能够影响人体免疫力，等等，帮助人类从进化的角度回到自己的本原，与自然建立关系，从而变得更加健康快乐。

研究发现，人类进化的过程中长期处于自然环境之中，比如，坐看云卷云舒，观看大珠小珠落玉盘，看向池塘里的水和鱼，等等。人们可以通过接触自然来恢复损耗的认知资源，并且这种方式已经被医生或者心理治疗者纳入自然治疗的处方。例如林间漫步，看晚霞，躺在草坪上，等等。

这里也有一个概念叫作"护定环境"，该概念指的是：婴儿在具有母亲的环境下与世界进行互动的过程中，注意力得到提高，情绪得以稳定，并且压力减少的一种状态。

当然，我们都知道，儿童的发展并不是只有母亲在起作用，也和周边的环境交互作用有关。生态心理学者也认为：把我们自然比作是母亲，我们人类则是婴儿，在母亲的护定环境下，我们能够更加专注、更加安心地完成我们与世间的互动。当我们长期工作或者完成某个任务时，如果能够暂时放下，去大自然环境中待一会，这对我们提高工作效率有一定的帮助。

人类在观察自然景观的状态下，会把注意力放在整体的组成上，而不是单个组成部分。其次是植物的元素：一些花花草草，还有一些参天大树等等。最后是特定的自然景观元素，比如缓缓流淌的溪水，一片灿烂的花海，以及一些和谐的生态景象。因为人们对这些景象并不会消耗过多的认知加工，所以当人类处于这些元素中能够恢复体力，从而获得积极的情绪体验。

下面为大家列举一些关于自然疗愈的方法。

1. 园艺疗法：园艺疗法是通过专业人士，以植物和园艺活动作为媒介，实现某些身心治疗目标的一种辅助疗法。形式有许多种，例如花园冥想，以及插花艺术，还有亲身体验种植等活动。有研究表明，经历过园艺疗法的人在身心健康以及人际关系上得到了一定的恢复和促进，同时抑郁情绪和攻击行为发生的次数也得到了降低。

2. 声音疗法：我们对于音乐的探索已经发展到新世纪音乐的阶段，新世纪音乐主要是采集自然音来使身心得以放松，灵魂得以升华的一种形式。例如班得瑞乐队的音乐。该音乐主要是以纯音乐为主，有雪山呼呼的声音，有溪水潺潺的声音，也有雨滴虫鸣，以及动物的叫声等组成。这种疗法可以起到稳定情绪，帮助睡眠，以及锻炼想象力和恢复精力的作用。这种疗法不仅用于自然疗愈中，也被广泛运用到心理咨询治疗以及音乐治疗等领域。

3. 观察疗法：置身于自然中观察自然事物对心理健康也有促进作用，最常见的就是林间漫步。观察生态自然提高自己的生态知觉力，有利于我们注意力的集中和想象力的提升，对我们的生理健康也有帮助。同时可以让我们从快节奏的生活中转变到仔细观察生活中的事物。当我们发现一棵树不只是一棵树，而是有很多片不同叶子、不同形态的树的时候，就能够发觉我们与自然的联系以及内心本原的生态自我。

会沟通，关系好

沟通是治愈的良药，化解冲突，抚平伤痕。所有关系缺乏了沟通，都是一个人的独角戏，再熟悉的人，一旦不沟通了，也就没有了默契；再深厚的情，一旦不沟通了，也就很容易改变。所以，沟通真的很重要，无论和谁相处，有沟通，才有感情，常沟通，才能长久。

在当今社会频繁的商务活动当中，如果我们能耐心地倾听对方的诉说，就等于我们间接地告诉对方"你讲的事情很有价值，我很乐意听你的讲话""我们可以一起干点事"等善意的信息。这样做可以使对方的自尊心获得极大的满足，这样下去，两个人的心灵也会更加靠拢，这也就为友情的建立和发展打下了坚实的基础。在生活中，我们不妨做一个善于倾听的人，这样一来，不仅能够达到自己的目的，同时又给别人留下了较好的印象。所谓沟通，那肯定是双向的。我们在人际交往中，当然没法一味地向别人灌输自己的思想，我们还应该学会倾听，别人也需要我们做他们的观众。

沟通是信任的润滑剂。始终挑剔的人，甚至最激烈的批评者，也都经常会被一个有耐心和同情心的倾听者软化降服，这也就是所谓的"以柔克刚"。所以，如果你希望成为一个善于谈话的人，那就先做一个懂得倾听的人。首先，你要真心实意听，并集中自己的注意力去听。如果你没有时间或者是由于别的原因而不想倾听某人的说话时，最好客气地表达出来。其次就是要有足够的耐心。最重要的一点，就是要适时地进行鼓励和表示理解。

一般来说，倾听就是以安静、认真地听为主——眼睛要看着说话人的眼睛，充分运用自己的身体辅助语言，透露出暗示的信息。辅以点头微笑之类的动作进行适时鼓励，表示你的理解或共鸣，这会让人感觉非常美妙。

第五部分

幸福的密码

第十章　幸福的两把钥匙

感恩：记住一切的美好

从小，我就在心里种下了一颗感恩的种子，光阴如白驹过隙，时间倒流回几十年前。

我和妈妈是当年她厂里的"半边户"，好不容易找厂里要了一间7平方米的办公室作为在武汉的临时落脚点，那年我刚刚7岁，家里条件也不宽裕，省吃俭用的。住在厂里的还有一对看门的河南老夫妻，只要有一点好吃的东西，母亲就拿去给他们一些。我当时很是生气，也不理解，但在后来的时间里母亲的这种善意和大方帮助了我们。看门的刘爷爷在门卫多年，有一回总站的领导来厂里视察，他把信息告诉了母亲，母亲在领导离开厂门的那一刻，及时"拉着"领导"汇报"了我们这么多年住办公室的事情："孩子大了，写作业都没个桌子。"几年后我们的住房问题终于得到解决，分了一间大一点的房子。现在想想还是很感谢刘爷爷。母亲常笑着告诉我的一句话："人吐痰总有一个印记。"意思是对别人的好，别人都是知道的，这份情意是有印记的。现在想想其实就是感恩的意思，记住别人的好，常怀感恩之心。往日生活那么苦，因为常怀感恩之心，所以母亲才活得那么乐观。

在这个物欲横流、人心浮躁的时代，能怀揣着感恩之心倒显得尤为可贵，这是因为大部分人更关心自己没有的东西，或者眼红于别人拥有而自己没有的东西，对于自己拥有的东西却不珍惜。缺失了这份欣赏和敬畏的目光，感恩之心便不容易产生。

在美国前总统罗斯福身上发生过这样一段故事：

有一天夜里罗斯福家中失窃，丢失了很多贵重物品，朋友知道消息后纷纷写信来关心和安慰罗斯福，生怕影响他的情绪。而罗斯福在给朋友的回信中却是这样说的："我不难过，也不沮丧。我要感谢上帝！第一，贼偷去的只是我的东西，却没有伤害我的身体；第二，贼偷去的只是部分东西，而不是全部；第三，做贼的是他，不是我。"这就是一个伟人的气度，也是一个伟人的感恩之心。在旁人看来本应该是气愤，在他眼里都变成了感激。

感恩是一种充满爱与温暖的精神境界，是一种学会自我满足的生活态度，是一种值得追求的优秀品质，更是让自己获得幸福的大智慧。感恩之心被古罗马著名政治家西塞罗称作"人类的道德巅峰"，因为它是人类所有其他美德产生的根源。

拥有感恩之心的人，人际关系会变得更加融洽。

一个人的成功和幸福85%取决于人际关系，感恩则是人际关系的润滑剂。例如，在工作中你遇到了某个难题，你的同事热心地过来帮忙,在他的指导下你很快完成了工作后,你应该表示感谢。即使他没有成功地帮你解决问题,那份情谊也值得你感谢。如果你缺少了感恩之心,不满、焦虑、沮丧、愤怒这些负面情绪就会见缝插针,你可能会将未完成好工作的怨气转移到他人身上,总会产生别人对不起你的想法,这会破坏我们和别人之间的关系。

一句简短的"谢谢!"可以拉近彼此的关系,形成良性的互动。人与人在思想、情感、行为、利益等方面都会礼尚往来,这就是"互酬互动效应"。当你怀着感恩之心友善地对待别人时,别人也会对你报以尊重和信任。

拥有感恩之心的人,面对磨难也会更加坚强乐观。

在漫长的一生中,每个人都会穿越遍布荆棘的挫折之路。在有些人眼中,这些苦难是在逼迫他们走向绝路。而在拥有感恩之心的人眼中,这些苦难是寻求光明前的迷雾,是被包装起来的幸福,他们感恩在沙漠中还有水喝,感恩在夜晚还有月亮的陪伴。他们用坚忍不拔、积极乐观的心态赢得了突出重围的机会。

被称为"宇宙之王"的科学家霍金有着传奇的一生,为量子宇宙论的发展做出了杰出的贡献。在一次演讲结束后,一位女记者提出了一个刁钻的问题:"病魔已将您永远固定在轮椅上,您不认为命运让您失去太多了吗?"

坐在轮椅上的霍金笑了笑,用还能活动的三根手指,艰难地敲击出了这段豁达又美妙的文字——

"我的手指还能活动;我的大脑还能思考;我有终生追求

的理想；我有爱我和我爱的亲人和朋友；对了，我还有一颗感恩的心。"

即使已经高度瘫痪坐在轮椅上几十年了，但霍金依旧用感恩之心回报世界。他并不觉得疾病对他有多大影响，身体残疾了，但精神可以站起来。他接受了命运残酷的安排，仍感恩生活给予的一切，凭借一腔对生命和科研的热爱，创造出了震惊世界的奇迹。

感恩每一次的磨难，让我们得到了历练；感恩每一次的欺骗，让我们增长了智慧；感恩每一次的帮助，让我们接近了成功；感恩大自然的每一份赋予，让我们能在蔚蓝的天空下沐浴温暖的阳光，呼吸新鲜的空气，过着充足美好的生活。

最不能忘记的便是感恩父母的养育。在中华传统文化中，从古至今我们都倡导着"百善孝为先"。而在日常中，往往很多人都忽视了父母的关爱。对于陌生人偶然一次的帮助，你会感激涕零、记忆犹新，每每回想起来，心底都十分温暖。但对于每天照顾你的父母，你却从不觉得有什么，将父母的付出认为是理所当然的，甚至饭菜不合胃口时还加以指责抱怨。

现在，请回想一下父母做过哪些让你感动的事？我想你一定会犹豫片刻，思考半晌，因为父母含辛茹苦地将你抚养长大，可以说有成千上万件感动的事，习以为常的你却很难说出某一件具体的事。一个被照顾得无微不至的人，最容易忘记自己拥有的温暖，忘记了如何去感恩，这就是现代社会的普遍现象。想要收获到更多的快乐，感知到身边无处不在的幸福，那你需要拥有一颗感恩之心。

学会如何感恩

心存感恩的人，更加豁达睿智、朝气蓬勃、仁爱善良。接下来，我将告诉你一些培养感恩之心的方法，让感恩成为一种习惯。

☆ **做一些感恩练习**

感恩练习分为回忆、记录和表达这三步。

首先，我们找出生命中最亲密的三段关系，与父母之间的关系是必须的，还可以是与爱人、朋友、兄弟姐妹、孩子、团队的关系等等。我们要发掘对方身上值得你感激的方方面面，这也是"关系修复"的过程。

我为什么强调一定要写父母，因为我们所有跟别人的关系问题，归根结底，都可以从我们和父母之间的关系中找到答案。你可以拿着和妈妈的照片开始回忆。例如，母亲从没有阻止你去任何地方；她支持你的学业和事业；在你年幼的时候照顾你，当你结婚后还帮你照顾孩子；努力给你创造更好的生活条件，等等。在细数感恩的同时，你是否还会回忆起自己口不择言说过的那些伤害父母的话呢？因为那时的你缺失了一颗感恩之心，只剩满嘴的抱怨与嫌弃。

回忆过后，请写下五件值得感恩的事情。以"谢谢你"作为开头，然后写下这个人的名字，最后写下你要感激的事情。

你可以说:"谢谢您,我亲爱的父亲(名字),因为您从小对我的教育,让我现在……"通过感恩练习,还能疗愈你内心的心灵和外在的关系。

其次,回忆完过去的故事,我们还需要记录当下值得感恩的事情。积极心理学家罗伯特·爱孟斯和迈克尔·麦克洛夫的研究表明,把那些值得感激的事情每日记录下来的人在生理上和心理上都有较高的健康水平。

你可以和孩子一起做这个感恩练习,从小培养他的感恩之心。每晚在入睡前,写下今天发生的五件让你感激的事情。无论事情大小,无论工作还是信仰。记录这些能使你意识到生活中的点点滴滴都值得感激,从而增强我们的心理动力,忘记痛苦和疲倦。当感恩成为一种习惯,你会更加珍惜生活中的美好。

最后就是表达的练习。也许不善于表达的你,会觉得有些许刻意、不自在或者肉麻。尝试着迈出这一步,写一封感恩信、打一通感恩的电话。在这个过程中,你不必有心理负担,只是单纯地与亲人或朋友闲聊,关心一下他们近日的生活,情到深处时会自然地说出感激的话,我想他们也会感受到你的这份情谊。

☆ **养成表达感恩的本能习惯**

除了以上说的感恩练习,日常里我们需要下意识地养成感激的习惯。

立即直接地说出自己的感激。例如,室友帮你拿了快递,你可以说:"真是太谢谢你了,外面这么热还帮我拿快递。"这不仅是在表达感恩,也是我们应该说的礼貌用语。再例如,回家看到老婆做了你最爱吃的红烧肉,你可以说:"谢谢亲爱的老婆,辛苦你了,红烧肉真的太好吃了。"通过传递感恩之情,彼此都能产生积极情绪,还增进了感情。

学会充分利用身体的语言。在中国标准手语中,右手大拇指向上,其余四指握拳,然后大拇指向下弯曲,重复点几下,就是谢谢的意思。而在日常中,握手、拥抱、点头微笑、亲吻等,这些也能表达感恩之情。

如果不好意思也可以选择间接表达。例如,在教师节、母亲节等节日时,人们会通过写一张小卡片,送一束康乃馨来表达感激之情。当然你还可以精心挑选一些小礼物或是买一杯奶茶送给他。这种礼尚往来的实际行动也是建立人际关系的方法。

☆ **养成回馈社会的习惯**

拥有感恩之心的人充满着不断前行的动力和传递温暖的信念,他们真情实感、不求回报的付出,带动了更多的人加入爱的阵营,唤起了更多的助人行为。"赠人玫瑰,手留余香。"当你给予得越多,人生就越丰富;当你奉献得越多,生命才更有意义。

感恩就是要学会去做一些好的事情回馈社会。爱心是一个亘古不变的话题,慈善是一项永以为继、播撒温暖、洋溢爱心的光彩事业。多年来,我在努力经营好公司、照顾好员工以外,也喜欢并愿意参与公益慈善事业。2015年，我是阿拉善SEE环保公益机构湖北中心的创始会员及工委副主席，同时也是北京联慈基金会聘请的专家志愿者，是武汉市慈善总会聘请的武汉市公益慈善理论与实务研究咨询专家委员会专家。

公益是一条温暖的丝带，它系着人们大爱之心，汇聚着无穷的力量。仅2021年这一年，苔米学院在全省50多个县市镇开展了家庭教育公益讲座210场。在关爱抑郁症青少年这方面，苔米学院共举办了20多场郁友公益沙龙，关爱并帮扶抑郁症青少年及家属150人次。2021—2022年，苔米学院举办了两场为青少年抑郁症项目筹资的"LOVE公益慈善之夜"拍卖活动，让更多的社会人士了解和关注青少年抑郁的状况和特点。

公益路上一直有我们的身影，2016年，苔米学院被武汉市禧乐儿童康复中心授予慈善贡献奖；2017年，被长江江豚拯救联盟授予委员单位称号；2018年，苔米学院为洪湖地区儿童、荆门市儿童、巴东贫困地区儿童捐赠新年公仔共350个，为大悟、巴东、麻城贫困地区儿童捐献一万五千罐奶粉，价值共100多万元；2019年，苔米学院为黄石市留守儿童及失学儿童捐赠书包200个；2020年，苔米学院被湖北省红十字会授予新冠肺炎疫情防控捐赠贡献单位称号，被武汉市残疾人福利基金会授予集善助残联盟单位称号；2021年，苔米学院为咸宁市通山县厦铺镇花纹小学、黄沙铺镇新屋小学、恩施市芭蕉侗族王家村小学捐赠了夏季校服和书桌椅套装，还根据孩子们的愿望清单，购买了书包及玩具布偶；2022年，苔米学院为黄陂木兰乡塔耳小学捐赠了文具用品，参与为大悟县如青学校捐赠了文体用品，为咸宁市第十五小学捐赠了餐桌椅。我作为麻城龟山镇新屋垸村结对的爱心妈妈，会经常去看望结对的孩子，关注孩子的学习和生活情况，了解孩子的心理困惑和烦恼。

润己泽人，美好人生。苔米学院不断地在实践中履行着对社会公众的承诺——做一个有温度的生命教育平台，成为正向理念、美好生活价值观的传播者。

每次在公益活动结束后，公司的小伙伴们都会在最后表演手舞《感恩的心》。我们希望，在这平凡的生活中，有更多的人不吝啬自己内心的感动，尽己所能奉献爱心。正如歌词所言："感恩的心，感谢有你，伴我一生，让我有勇气做我自己；感恩的心，感谢命运，花开花落我一样会珍惜。"将一切美好铭记于心，这就是感恩的真实意义。

宽恕：释怀那些不美好

博大精深的汉字里蕴藏着老祖宗做人的智慧。将"恕"字拆开来看，上面一个"如"，下面一个"心"。要有"如他人之心"便是恕的含义。

所谓宽恕就是以宽广的胸襟和包容的心态去体谅他人。在生活中，气量小的人爱斤斤计较，为了几毛钱都会跟别人争执得面红耳赤，长期生活在沉重压抑的气氛里。而气量大的人爱换位思考，会设身处地为他人考虑问题，稳定的情绪使他的生活轻松愉悦。气量的大小决定了我们的幸福指数。

世界万物都有着它的习性与规律，不可能万般皆如我们所意。如果你过于争强好胜，想要的东西都想紧紧地抓在手里，容忍不了别人比自己优秀，容忍不了别人与你存在分歧，还总是抱怨自己人生坎坷、生不逢时。于己，你都无法放过自己；于人，你更缺少了宽厚待人的肚量。

宽恕就是原谅别人。每个人都遭受过别人带来的伤害，可能是不理解、辱骂、恐吓等等。面对伤害，有些人耿耿于怀，夜不能寐，这一团心中的怒火始终无法熄灭。于是他们选择了报复，这便是万恶之源，要知道世界上大约20%的谋杀是由报复引起的。报复不仅打破了你原本平静祥和的生活，还将你推入了仇恨的深渊，不安、怨气、愤怒持续不断地向你伸出魔爪，撕扯着你的四肢，将你拉入黑暗。心理学专家研究证实，仇恨有害健康，容易造成胃溃疡、高血压、心脏病等疾病。

难道面对伤害，报复是唯一的解决方式吗？其实，我们可以选择宽恕。

若将"冤冤相报何时了"转变为"相逢一笑泯恩仇"，仇人也能变贵人，吃亏也能变福气。原谅别人，其实就是放过自己，这就是宽恕的意义。

宽恕就是包容万物。我们常说："宰相肚里能撑船。"一个人若想成功，就需要具备海纳百川、包容万物的心态。

将心比心可以赢得他人的尊重；包容别人可以化解彼此的矛盾；学会吸纳别人的长处来充实自我价值，可以得到更多人的理解和支持。

宽恕是一种相互理解的良好品质，是一种和谐相处的优秀素质，更是一种积极正面的心理能量。

学会如何宽恕

宽恕可以使我们变得更加快乐、更加幸福、更加成功。那么如何宽恕他人呢？

宽恕心理学家沃辛顿提出了一种"REACH 宽恕五步法"。沃辛顿的母亲曾被入室歹徒残忍杀害，面对这种灾难，他最终通过"REACH"疗法做到了宽恕歹徒。

"REACH"是由五个英文单词首字母的缩写组成的，分别是 Recall（回忆）、Empathize（移情）、Altruistic（无私）、Commitment（承诺）、Hold（保持）。

R 是回忆。我们要用客观评价的方式去回忆曾经的伤害。先静下心来好好思考，慢慢在脑海中回想一下事情发生的经过，不要让主观色彩把对方妖魔化，也不要自怨自艾。有些小事情当你弄明白后也就不那么在乎了。

E 是移情。我们要站在加害者的角度思考问题。可以问问自己："如果是自己，我是不是也会做出这样的选择？"理解了对方的思想之后，才会知道对方的缘由，解释对方的加害动机，这样问题也变得不那么尖锐了，有了缓和的空间。

A 是无私。宽恕是一种豁达、坦荡、仁慈的心态，你宽恕他不仅为了他好，也为了自己好。人非圣贤，孰能无过？我们可以扪心自问，自己曾经也错怪了别人、伤害过别人，而对方选择了原谅我们，我们的内心充满了感激。现在我们也以同样的方法原谅伤害我们的人。

C 是承诺。我们可以写一封信给犯罪者，在日记、诗歌、歌曲中写下宽恕，或者告诉我们的一个值得信赖的朋友，这些都是最终获得宽恕所必需的。

H 是保持。保持宽恕之心是一件很难的事，当我们宽恕一位自己很难原谅的人时，甚至会有一种深切的无力感。因为那些痛苦的记忆一定会再次席卷而来，我们要提醒自己，我们已经宽恕他了，他也已经不再是我们的仇人了。

有些人认为伤痛会随着时间的流逝而消散，其实那不是忘记，而是算了。有些人认为伤害是根本没有办法抹去的，其实宽恕的决定权在你自己的手上。当你决定放下后，才能真正地放下。著名作家马克·吐温说过："紫罗兰把它的香气留在那踩扁了它的脚踝上。这就是宽恕。"

第十一章　接纳的幸福

接纳，是为自己曾经做出的选择承担责任。无论现在的结果如何，那都是你过去种下的因。不接纳，就是在抗拒结果，其实就是不想负责，不想承认自己造成了这个结果，从而也把自己的力量和人生的主动权交出去了。想要掌控自己的人生，就要学会接纳自己。

接纳不完美的自己

有这么一个寓言故事：

一位国王在花园里散步，他发现花园里的树木都萎靡不振。为什么会这样呢？国王心中疑惑不解。

于是，国王问橡树："你为什么垂头丧气的？"

橡树回答："我没有松树长得那么高大，心里很难过。"

国王又问松树："你为什么不高兴呀？"

松树回答："我不能像葡萄树一样结出那么多果实。"

接着国王又问葡萄树："那么你又是为什么呀？"

葡萄树难过地回答道:"我不能像桃树那样开出美丽的花朵。"

……

国王问完所有花木之后,黯然离开了。忽然,他发现一片生机盎然的草地,一株株小草昂首挺胸,看不出一点烦恼。

国王有些奇怪,问道:"你为什么没有像那些树木一样颓废呢?"

小草回答道:"尊敬的国王呀,我为什么要颓废呢?我知道,松树有松树的美,桃树有桃树的美……如果你想要它们的美,那么只要一个命令,花匠们就会很快把它们种上。而你也想要我的美,所以我作为一株普通的小草,我也有我的美丽,这是那些树木不具备的。"

这个故事告诉我们一个道理:不管你是松树还是橡树,又或是一株小草,任何时候都不要否定自己,你有你的美丽,要学会接受自己、肯定自己。

不接纳自己,就是在否定自己、轻视自己。如果你都看不起自己,那别人如何能高看你一眼呢?在我们的成长过程中,往往习惯盯着自己那些"不够好"的地方,而忽略了自身本来已经具备的好的一面。于是你开始胡思乱想、精神内耗,变得缺少信心,无法发挥出蕴藏的能力。

这种不断否定自己的声音就像一种慢性病,一点一点侵蚀着你内在的能量,耗损着你积极的干劲,而你就像一只泄了气的气球,直至彻底干瘪,那么人生也毫无幸福感可言。

当一个人开始接纳自己,他首先会爱自己。每个人都是独一无二的无价之宝,我们要从身、心、灵三方面去爱自己。不爱自己,一切都是海市蜃楼,你也没有能力去爱别人。

我们可以通过照镜子来找到无法接纳自己的原因。每天早晨起床后,观察镜子里那个不加任何修饰的自己。不要抗拒这个练习、不要评判自己的外貌,也不要嫌弃镜子里真实的自己。刨除你的羞耻感,对着镜子里的自己说:"我爱你,你的存在就是美好的证明,今天我该为你做些什么使你幸福呢?"然后听听内心的声音,扔掉"完美人设"的标签,将厌恶的消极思想变成积极的自我暗示。

当你全然地接纳了自己时,你会惊喜地发现忧虑在不知不觉中烟消云散,自己也重燃了生命之光。即使有皱纹,即使不施粉黛,你的脸上也充满着朝气,眼睛里也闪耀着光芒,由内而外散发着美和力量。因为此刻你不再仅仅是端详自己,而是在欣赏自己了,就像是刚来到这个世界的婴儿一般,无论是否被欢迎、被祝福、被接纳,你都有着很强的自我存在感,想哭就哭,想笑就笑,这种坦然松弛的状态,透露着纯真和美好。

在我的身边,有很多优秀的女性,她们在这商场如战场的领域中,展示着巾帼不让须眉的英姿。在我的眼中,她们一个个都美丽动人,充满着魅力。但有一些女性骨子里却是自卑的,她们怀疑自己不够好,身材不够纤细,事业不够成功,但她们明明那么优秀啊。我想,她们可能是在拿放大镜看缺点,无法和自己和平相处。

心理学家马斯洛这样总结自我接纳:首先,一个自我接纳的人不会为自己或他人的缺点所困扰,不会感到窘迫与不安,他们能坦然地接受自己的现状，包括自己的需要、水平、愿望，同样也宽容地对待他人的弱点和问题，从容地生活。其次，自发、坦率、真实。他们能真实地对待自己的感情，并坦诚地说出自己的感受，不掩饰自己，自然而单纯地表现自己。

接纳不完美的自己是帮助我们解决问题最好的方法，是让我们活得宁静和谐的生活准则，是对真实的各个层面的接受、了解和认同，是一个人不断成熟的过程。

那么关于接纳自我，要知道这三点：

1. 你是独一无二的

在这个世界上，每个人都是独一无二的个体。即使是双生子，看起来相似，也依旧有属于自己的独特之处。你无须隐藏自己的与众不同，也无须去做别人的影子。你所拥有的思想、灵魂、精神都是任何时刻、任何人都不曾拥有和窥探的，这是上天给予你的礼物。

2. 你有自己的闪光点

"天生我材必有用。"每个人都有自己的价值与才能，每个人的智能都以不同的方式、不同的程度组合呈现在一起。例如医生的动手能力强，设计师的空间感强等等。不要因为某方面不如他人，就失落沮丧。请重新认识自己、探索自己，发掘自己未知的潜能和优势，要知道每个人都是一座珍贵的宝藏，一定会有大放异彩的一面。

3. 你要学会相信自己

时常对自己说："我还不错哦！"将对自己的欣赏坦然潇洒地表达出来。一遍一遍地为自己注射自信的加强针。相信自己，才能一步步突破自我的界限，从而将命运掌握在自己手里；相信自己，才能目光坚定且从容不迫地面对惊涛骇浪；相信自己，才能张开双臂拥抱世界，充满希望地热爱世界。

接纳的魔力

你要知道，接纳是有魔力的。当你不接纳自己的时候，就产生了排斥和拒绝。如果你能够克服那些情绪化的心态和行为，随时随地都可以发现真理所在。接纳关键就在于感受当下的那一刻，无论是何情境，都去接纳它。

我做过许多情感关系的个案，其中老公出轨，当事人痛苦万分的例子比比皆是。痛苦的源头便是接受不了这件事情，可是事情已经发生了，就算你再不想面对，难道真的能破镜重圆吗？能当作什么都未发生过一样吗？

我给了她不少建议："既然已经在离婚的阶段了，你现在最应该做的就是争取孩子的抚养权，你自身条件也不错，可以给孩子更好的保障。"

回答我的却是："可是孩子没有爸爸了。"

作为旁观者，我能懂得她的感受，明白这句话的含义，也清醒地观察到了她的问题——她不是不知道该如何选择，只是依旧无法接受事实，内心在抗拒这个结果。

"就不能和原来一样吗？"沉重的打击压在了她娇小的身躯上，使她的背都无法挺直，她坐在我对面的沙发上抱着头轻轻地抽泣起来，在问我也在问她自己。又自言自语地回答着，

"为什么他想要组建新的家庭了,他真的不要我们了。"

生活终究要朝前走,要与不能同行的人诀别。她不断地挣扎着,抗拒着,找寻着别的解决办法,过度的纠结使她在痛苦的旋涡里打转。毕竟时光无法倒流,每个人都只能顺其自然地接纳现实。

这几年有一个新生词叫作"PUA",PUA 的全称为"Pick-upArtist",原本的意思是指"搭讪艺术家",泛指一些男性通过系统的学习提高交际手段和情商,以此来吸引女性。近年来"PUA"以组织的形式快速发展,甚至通过网络课程、线下培训等方式来教唆人进行诈骗"洗脑"。而现如今,"PUA"也有下意识进行精神打压的诞生之意。每一个普通人都有可能会成为 PUA 的受害者。

说到底,能被 PUA 就说明我们不能接纳真实的自己。它的对立面则是不附加任何条件地认可自我。想要达到人生的彼岸,我们应该抛开偏见,带着接纳的心扬起帆,顺应风向调整。

例如,父母总认为我的孩子就应该既聪明伶俐,又才艺多多,还长得可爱。面对这样一个完美孩子的标准,父母习惯于打着爱的名义迫使孩子改变,"我这样都是为了你好"也成为他们的口头禅。他们无法接纳自己孩子的普通,也做不到尊重孩子自身的发展,更看不到孩子独特的价值,父母以"为孩子好"的噱头,无意识地对孩子进行了"PUA"。最终孩子长期被父母打击打压,将变得敏感自卑。

PUA 会造成压迫的紧绷感,而接纳则会让人有从容的松弛感。

那么，我们如何去接纳呢？

1. 掌握自己的人生

万事有因必有果，该发生的总会发生。面对结果，抗拒是无用功。其实和你作斗争的不是外界和他人，而是不接纳的自己。王阳明曾说："破山中贼易，破心中贼难。"接纳，是一个人最好的活法，敢于承担过往选择的人，才能接过人生的舵，掌握自己的命运。

2. 放下自己的执念

执念就像洗碗槽里的厨余垃圾，如果你不学会接纳，始终无法放下执念，那么过多的欲望、无缘的感情、争执的对错等等不断地叠加，使水槽里的垃圾越积越多，堵塞住了下水道的口，可厨余垃圾不是液体，它无法穿透过滤网通往下水道，就如同你的执念无法被你的身心消化。当你学会接纳的时候，才能觉悟，做到真正地放下。知道厨余垃圾应该清理到垃圾桶里，这样一切就迎刃而解了。

3. 推开自己的心门

不会接纳的人被禁锢在痛苦的匣子里。他们给自己的心门上了一把枷锁，自己出不去，别人也进不来，只剩下抑郁陪伴着他们，甚至觉得活着没有意思。而接纳的魔力就在于，当你顺着它，感受它，与爱同行时，便不再抓狂，不再自怨自艾，学会敞开心房，接受生命的礼物。

接纳，是允许一切发生的勇气，是没有执念的平和，是解决问题的波澜不惊、是懂得修复自我的方式。

第十二章　掌握自己的幸福

幸福的开关在你的手里

幸福的开关掌握在自己的手里，没有人能限制我们获得幸福，能真正限制我们的是我们心中所想——我们是否允许自己成为一个幸福的人？

一天，三个搬砖工在搬砖，有人走过来问："你在干什么呢？"第一个搬砖工说："没看到我在搬砖吗？"第二个搬砖工说："我正在建一座高层住宅。"第三位搬砖工说："我正在建造美好城市。"

三个搬砖工是一个地方来的，手中的砖也是一样的，不同的是他们对工作的认知不一样，所以看到的、想到的和体验到的都不一样。

在追寻幸福的过程里，有两个关键核心：一是值得感；二是乐在其中。如果缺失了这两样东西，你会发现，当幸福来敲门时，你却与它擦肩而过。而我们努力的意义就在于，当好运降临在你身上时，你会觉得"我配"。

境由心生，想要绽放生命的光彩，关键在于你的内心。你是否能欣赏自己的羽翼，发现生命的可贵。值得感是基础，就像是浇灌你生命力的源泉，是你不断丰沛的养分。所以，别让不值得感阻碍了你获得幸福。

乐在其中其实是提醒我们，活在当下，不要后悔昨天，忧虑今天，担心未来。全身心没入到现实生活的每一件事中，并从中找寻乐趣。不论是好事或是坏事，我们都应该学会用辩证的方法去看待，一件事总有好的一面和坏的一面，我们要学会多去找寻事物积极的一面，这样才能提升我们生活的幸福感。

而过分的谦虚和礼貌使得咱们中国人的值得感较低。当别人说："我请你吃饭。"有的人会说："这多不好意思，不用了。"当别人送了你一个礼物，有的人会想：下次我也还他一个。当别人对你好的时候，是因为他享受和你同频共振的快乐，你的能量也在感染和滋养别人，你应该学会更加好好地爱自己，认可自己，这就是值得感。

你是你世界的掌控者，所有的善与恶、喜与悲全是自己的心吸引而来的。

幸福的基础是"值得感"

有一次我出去讲课，时间比较久，我们一行就选择一个民宿住，那是一个小区里的三室两厅，可以自己买菜煮饭，晚饭后我们通常在小区转转，消消食。一次我走到游乐场，这里聚集了好多孩子，孩子们滑滑梯，荡秋千，一阵阵欢声笑语，照看者也都围在一起闲聊："哎，你们家的妞妞多会吃饭啊，我们家跟饭有仇似的，不好好吃，长得像个猴！""我们家每天到处在地上爬，衣服每天都要洗，烦死人啊！"……养育者在评价孩子的时候永远是负面的语言大大地多于正面语言。这时一位年轻的妈妈怀里抱着一个小婴儿遛弯过来了，后面跟着的好像是奶奶，小家伙似乎听到小朋友们的欢声笑语，在妈妈怀里手舞足蹈，小手小腿弹动得噌噌有力。我被小家伙吸引了，走前一步准备逗他玩，孩子大约6~7个月的样子，左脸上有一块像黑斑的胎记，当时我心里梗了一下，好好的孩子……整整一个小时左右，妈妈抱着孩子在休闲椅上坐着看着滑滑梯区小朋友的嬉闹。孩子头发细细软软的，看不出是男孩还是女孩，我就问她："宝贝好可爱啊，是男孩还是女孩啊？"

孩子妈妈伸出手特别怜爱地摸摸孩子的头，说："我们是小女生！"我当时心里就想：女孩子，这大一个黑斑记，以后怎么办？

妈妈抱着这个女儿，我没有感觉到她有一丝的尴尬，或者不好意思。因为如果一个人有尴尬和不好意思的时候，她就想去解释一下，可能会说"我们孩子怎样怎样……"但她没有，你看到的就是她很疼爱自己的孩子！

奶奶坐旁边说，这是我们家的千金宝贝，多少钱都换不回来的。接着她亲了亲孙女白嫩嫩的小手，这孩子以后有福气，爱笑得很。

在那一刻，我觉得这个奶奶和妈妈真的太了不起了！她们的眼睛里没有任何尴尬，也没有任何担忧，满眼都是爱！当孩子乐滋滋地看着我这个陌生的阿姨时,我在心里去连接那个小女孩,我真的被喜悦到了。在世人看来并不完美的孩子,有一双爱笑的眼睛,有一对幸福的酒窝。

此时我才有了如此深刻的一份感悟,就是在她妈妈的眼神里、奶奶的言语里我才明白什么叫"值得感"!那是从生命的本身本真里散发出来的。

从父母的角度如果都不认可一个生命真正的价值,孩子以后的人生何谈阳光?何谈自信?何谈自我价值实现?当孩子内在认为"自己不值得"的话,外在行为上再怎么努力,也是很难给孩子的人生带来真正的富足和丰盛。因为他越努力,心里一直也会有个声音告诉他:"我自己不够好,我有缺陷,我还不够优秀",这也是在说明他自己有多么不值得。

你无须多完美,你的存在就是值得,因为生命本身就是最大的值得。它与外界的一切都没有关系,只和你本身有关。当你觉得自己值得的时候,才能完全地接纳一切美好,幸运和财富都会向你奔涌而来。

举个例子,当看到有人给你发红包时,有些人并不会第一时间就收下,他犹豫不决,思考着自己该不该拿,更有甚者在接纳时会产生负罪感。做不到勇敢大方地接受的人,他们的内心是封闭的,觉得自己不值得拥有这份财富。这其实是错误的,当老板发给你红包时,是对你工作的肯定,说明你付出的努力是值得的;当对象给你发红包时,是对你爱的证明,说明你值得被认可被呵护,而收下的那一刻,是你对自己的认可和接纳。

很多人都喜欢向外追寻,拼命证明自己的值得感。但其实它来自我们的心里面,你只需要时常给自己充电,告诉自己:"我值得拥有幸福。"

每个人都是独一无二的,来到这个世界都有着不同的使命和宿命,有着属于自己独特的价值和影响力,所以,你值得别人的赞美,更值得拥有这世间的美好。此生,你值得拥有幸福!

附录

心灵成长之旅——在苔米学院的成长与蜕变

作者胡挽澜,硕士研究生,苔米学院高阶会员,苔米学院特约讲师,高级家庭教育咨询师,中科院心理咨询师,高级婚姻家庭咨询师,高级健康管理师。

☆ **缘起——相遇**

在我本科大三预备考研的时候,就准备跨专业考取心理学的硕士,但迫于考试难度,就放弃了这一理想。2019年我以应届生第一的成绩考入了湖北美术学院,个人研究方向为设计美学与艺术心理。因为研究生阶段相对轻松,所以我有了很多的时间可以学习心理学。

对于我而言,2020年是奇妙的一年,那一年我开始正式、全面且系统地学习心理学与家庭教育。从一开始中科院心理所心理咨询师的培训,到苔米学院"爱家幸福"基础课、家庭教育咨询师培训课、财富密码课程、美丽人生智慧高阶课程的学习，一路走来，收获颇丰，这不仅使自我开悟，而且于我的父母、朋友关系的改善与建立亦有裨益。起初学习心理学是想要通过自学的方式来解决我内心的困扰，我与我的原生家庭有很深的矛盾与问题，这些问题困扰了我近二十年，每每午夜我都辗转反侧、难以入睡，出现诸如失眠、嗜睡、心率过速、暴食、食欲减退、肌无力等躯体化症状。整宿地睡不着觉，白天又睡不醒，日夜颠倒、浑浑噩噩。我深知这些问题并非源于身体疾病，而是由心理因素所引起的。因此我开始寻觅一种能够让自己释怀的方式——寻求心理学的帮助。

也是一个奇妙契机，在接受中科院心理咨询师的培训时，有武汉的学员将"苔米学院"的课程海报发送在学习群里，因为各种原因，我拨通了家颖姐姐的电话，从一次公开课的学习开始。那时候并不富裕，但好在价格合理，怀揣着试一试的心态，我利用奖学金报名了苔米的基础课——"爱家幸福"课程，从此开启了一段自我救赎、心灵绽放之旅。

☆ **蜕变——疗愈**

艾嘉老师的课程与我以往所接受的所有心理学的培训都不一样，这是一种全新的方式，在艾嘉老师的课程中，体验、互动与分享的环节充满课程始终——"静态静心冥想""动态静心舞动与释放"以及各种心理治疗小组的活动。一开始由于心里积累的委屈、抑郁、焦虑等负面情绪的"结"过于深重，难以放下，导致我难以投入到一系列的互动体验之中，尤其是动态的疗愈，那时的我手足僵硬，无法正常参与活动。

直到有一次，当我尝试放开自己，尝试着尽量参与活动之中的时候，我迸发出了一种由心的、由内的、真诚的、有力量的、释怀的笑容。"你笑的样子，真的很帅。"或许是艾嘉老师的这一句话，真正地开启了我的蜕变之旅。前几次的"爱家幸福"课程，我都是在后面听讲、记录，而没有沉入体验中，直到那一次参加到动态静心的活动中，我才体会到一种酣畅淋漓的释放，身体最真实的反馈告诉我，这样很舒畅，或许从那一刻起，我已经可以和以往残破、缺憾的自我说再见，去开启一段新的旅途。

后来我用心地参与每一次体验活动："产道的重生""家庭序位排列""与父母原生家庭和解"在一声声"妈妈，我要"之中；在一次次"我是有价值的，我是独一无二的"的鼓舞之中；在一次次"吼与蹲起"的动态之中；在一次次"冥想放松"之中；在一次次"与过去再见"的旅途中，在艾嘉老师的授课之中，在苔米学院诸位家人的帮助之下，我似乎做到了。于这样的活动之中，真正做到了心理的疗愈，达到了疗愈自我的目标。

经此之后，躯体化症状得到极大改善，人亦更加开朗。大家也看到一个崭新的、与众不同的、自信的、开放的我。我也能以更美好的姿态与心情去面对每一天的朝阳、日落，不会因雨而愁，不会因晴而躁，而是以美好的心情拥抱每一天。

☆ 绽放——助人

在为期两年多的心理学与家庭教育的学习过程之中，我先后考取了中科院心理所的心理咨询师技能培训证书，北京开放大学的高级家庭教育指导的技能证书，全国人才认证中心的高级婚姻家庭咨询师技能证书、高级早期教育指导师技能证书、高级心理催眠师技能证书，湖北省职业技能鉴定中心（原人社部职业资格证书认定中心）高级健康管理师、高级营养师等职业证书。目前正在参加由湖北省人社部组织的心理健康指导专项技能培训。

于是，有幸我成为苔米学院的特约讲师团的成员之一，先后参加了省市妇联组织家庭教育走万家的公益行，冬令营活动，中小学学习经验分享，家庭教育咨询师远程培训课程的讲解与录制，个案心理咨询等心理学与家庭教育相关的活动。

从此我走上了帮助他人舒缓心理压力、排忧解难的道路。每当看到别人在自己的课程讲解中有所收获，每当看到别人经过自己的开导后心情豁然开朗之时，那种助人为乐的快乐、喜悦甚至幸福感从内心油然而生，长久持续。在帮助他人的过程中，我也收获了许多，看到他人有所领悟、心情愉悦的时候，自己的内心也会得到极大的舒缓与疗愈，这个过程是听众或来访者与我互助的结果。我为你带来好心情，你将好心情传递给我，这是一种双边的友好互动。

☆ **回眸——致谢**

两年多的经历，回过头来看，仿若昨日。时光流逝，不舍昼夜，在苔米学院这个大家庭之中，我认识了智慧、知性的艾嘉老师，开朗、大方的叶英老师，温柔、贴心的家颖老师，细腻、聪慧的庹颖老师，还有王静老师、杨倩老师、青青老师、余丹老师等众多家人。在诸位姐姐的帮助下，我才能够从过去笼罩的阴影中逐渐走出来，看到阳光的耀眼、夕阳的柔美，找回爱与被爱的能力，找回关于美的眼光，并且在自我疗愈过后，还能够有余力去帮助他人成长。

再次真诚地感谢苔米学院诸位老师、家人、朋友的帮助与陪伴！

学习使人进步，也为了明天更加美好

作者王琰，苔米学院的资深学员，汉川睿琰心理咨询公司创始人，两个孩子的母亲。

接触到苔米学院比较偶然。那时孩子在学校，由于上课时注意力不集中，性格内向，又不善于和同学沟通，于是闹出了一些矛盾。我接到老师打来的电话，说孩子的表现不如人意。可是在家里，也因为我们做父母的频繁唠叨让孩子的情绪更加叛逆，无奈之下，我只能送他去外面的托管班让老师去管束他，也是在这个时候经由托管班的一名老师介绍，知道了苔米学院。

在以后的日子里，我去试听了一堂艾嘉老师的"爱家幸福"课程，当时我就被这位成熟、睿智、优雅的女士那诙谐的语言，生动的课堂内容所吸引。也通过与叶英和家颖两位美女老师的微信沟通了解到武汉苔米学院是集家庭教育、心理（婚姻）咨询、抑郁陪伴为中心的一家教育学院。在创始人艾嘉老师的带领下，苔米学院更是为众多有需要的个人和学校、单位提供这方面的服务，无私地去帮助有需要的人。

了解到老师的大爱后，我毫不犹豫地加入了学习的行列，成为武汉苔米学院的一名学员。在学习的过程中，艾嘉老师用生动的语言，渊博的学识，活跃的教学动作去教授我们各种专业知识，引领我们找寻自己内心深处的创伤并疗愈自己；通过对原生家庭的排序，去解读内在誓言以及心理按钮对我们的影响；教我们画冰山图去了解人的行为、需求与感受等，让我们更容易去解读自己和他人；艾嘉老师用她富有磁性的嗓音引导我们冥想和催眠，让我们全体学员体会到了冥想带来的不同的场景展现，也在催眠的过程中去寻找我们的真心……

在学习的过程中，艾嘉老师教导我们，尊重孩子，无条件地接纳他们的情绪，接纳孩子各种不足，允许他们有自己的节奏，这也是对一个独立生命最深切的体谅与尊重。艾嘉老师对于亲密关系的诠释更是有自己独到的见解，我在生活中将这些知识运用到实处，受益良多，我与爱人的关系也逐渐缓和，直到现在已经可以相处得十分融洽。

我在学习中体悟到，当你愿意面对自己的脆弱，接纳、拥抱自己的时候，你就会进入到核心的真我，找到喜悦、自在的感受。

每一次去武汉学习我都是有所期待的，每一次面对艾嘉老师时都如沐春风。也是在艾嘉老师的影响下，我爱上了心理咨询这份神圣的职业，也希望通过不断地学习来充实自己，在后期的咨询中能服务和帮助更多有需要的人。每一次学习都是一份全新的体验，我最大的学习感悟就是，当我通过学习改变百分之一时，孩子的改变绝对是百分之九十九，家庭也更加和谐美满。

每一段家庭关系如果经营得好，都会和睦长久。每一次学习，都是自我成长的一次蜕变，也是自我修行的又一次提升。我们应该学会做一个向上兼容，向下包容的人。

拥有爱的能力，才能把握幸福

作者刘雯雯，保险金融服务工作者，两个孩子的母亲。座右铭是：爱出者爱返，福往者福来。

我从2021年4月开始走进苔米学院的课堂，初级课程是"爱家幸福"，这堂初阶课首先打开的是我的认知，让我明白，我是值得拥有幸福的，我也有感知幸福的能力，每个人来到世界上都是有价值的。比如我们每个人从受精的那一刻起就是冠军。我们的出生给全家人带来喜悦和希望。我们是一切的源头，一切的发生皆是爱。每个人都想得到爱，但并不是每个人都知道如何去爱。

通过学习，我明白爱的本质来自无条件地接受自己，无论好的坏的我通通接受。当我足够爱自己，有更多的爱的能力，我才能更好地去爱身边人。

从小到大，我总觉得爸爸是最爱我的人，妈妈只偏爱弟弟。通过学习以后，我才明白是我的有害执念蒙蔽了我的感受，妈妈其实在用她的方式关心我、爱护我。在苔米学院体验式的学习中，我慢慢地去解放有害执念，从心底去理解妈妈的不容易，从心底去感恩妈妈的付出。每次回家能吃上妈妈做的饭菜是一种幸福，喜悦、开心、温暖都会包围着我。

人生就是一连串的选择，每一种状况都是一种选择，我选择了自我成长的学习之路，我也吸引了爱，吸引了幸福。

育儿也是一门学问，在学习的过程中，我也学会了如何与孩子有效沟通，主要包含了三点：一是专注地听；二是设身处地地听；三是创造性地听，跟孩子核实，会正确地表达自己。比如有话好好说，不该说的不说。每天接孩子放学四问：学校发生了什么事？你今天有什么优秀的表现？你有什么收获？有什么需要爸妈帮忙的？当我按这些方法与孩子相处时，孩子与我亲近了很多。

苔米学院是以提升女性幸福力为愿景，帮助女性更好地自我成长，提升自我认知层级，成就万千家庭幸福的一个机构。2021年9月我通过在苔米学院的学习考取家庭教育指导师和心理咨询师证书，不仅改善了自己与家人的亲密关系，也给身边人提供了亲子方面的意见。

因为从中收获了良好的学习体验和成果，我再次报名学习了高阶"美丽人生"的课程。学习到了原生家庭对一个人的影响，从原生家庭中重新认识自己，以及原生家庭的三个影响因素。通过学习，我慢慢地与妈妈和解，我能用包容的心态去接纳妈妈曾经带给我的伤痛。渐渐地，我能理解她当时很难，她不知如何用正确的语言来鼓励我、安慰我。

我们要珍惜今天学习的机会，少走弯路，用有效的表达去沟通交流，与身边人和睦相处。让爱更好地流通，此时我的心情是激动、满足、感恩的。感谢自己当初的选择，感恩艾嘉老师的指导，你是我们学习的榜样，你将事业家庭都经营得很好，你永远是我人生路上的引领者，爱你敬你。

在成长中收获,在收获中感恩

作者邹飞兰,三个孩子的母亲,欣图文广告公司的创始人。

苔米学院的形象墙上写着:"苔花如米小,也学牡丹开。"这给了我谦卑、温暖、阳光的感觉。正如这个大家庭带给我的关怀与成长,在苔米学院,我们每个人都像一株小小的苔花,用坚强的力量,突破环境的重重阻碍,焕发生命的光彩。

2018年7月我和孩子走进苔米学院。

2018年正是我们家大姑娘杨雨晴小升初的时候,雨晴进入了初中,新的环境孩子多少有点焦虑,有点茫然,加上平时我忙于自己的工作和个人的成长,陪伴孩子的时间并不多。在孩子进入初中后,我逐渐发现她的一些叛逆行为。她变得不怎么和我沟通,在我询问在学校的情况时,也不同从前积极回应我。

正在我有一点担忧的时候,我的一位好姐妹和我分享了苔米学院青少年品格教育课程——正是出自艾嘉老师创办的苔米学院。我同艾嘉老师相识,便当即给孩子报了"青春无悔"的课程,希望能在艾嘉老师的指引下对孩子有所帮助。

那时我在西藏自驾游,每天孩子爸爸送她去上课,下课后再去接,雨晴第一天上课,课下和我分享了在课上学到很多课外知识——知道了自我保护,强化了防护意识,知道设定界线,有了新的认知。雨晴在课上积极表达想法,和同学们探讨,互碰思想火花,找到了自我的价值,几天课下来,变得非常自信,每天都和我分享学习到的新知识,也更懂事了,知道体贴关心爸爸妈妈。

雨晴学习完后更明确了自身的目标,并在心中埋下了要变得优秀、年轻有为的思想种子。她在初中三年每年都会定目标,以目标为导向,朝着自己的目标迈进,从初中到现在,没有出现早恋的情况,知道设立界线,精神和思想富足。这让我非常安心。雨晴现在是准高三学生,现在每天都很刻苦,专注于目标,也知道劳逸结合。老二雅婷也进入初中阶段,也跟着艾嘉老师上青少年品格教育课,相信也会和姐姐一样,懂得明确目标,奋发图强,最终都能如愿考上理想的学校。

在苔米学院,除去孩子们的收获,我和我的家庭也是受益匪浅。在苔米学院我报名"爱家幸福"课程及家庭教育指导师考证的学习,通过严格的考核,最终顺利通过考试,获得高级家庭教育指导师证。后来我跟着艾嘉老师在湖北省各个县市做公益活动,每一次的公益活动都收获满满,能量满满。因为我们的一点点小爱,既能温暖到很多的人,也使我的内心变得柔软又坚定,更有担当和使命。我想去做一名优秀的女性,去做更多的公益,帮助到更多的人。

在苔米学院,我参加了公众演讲的学习;在企业家年会上,我在台上可以侃侃而谈,分享我的创业故事;在幸福力演讲的舞台上,我可以分享如何做一名拥有幸福力的女性创业者和母亲。因为艾嘉老师的帮助，我少走了许多弯路，扎扎实实地学习，稳步地成长，我成为最好的自己，成为一名有爱、付出、力量、自信的女人。

这五年走来，我成长了很多，仍有许多个人收获在不言中，这些收获也在工作中、生活中淋漓尽致地发挥着它们的作用。

感恩艾嘉老师，感恩苔米学院，感恩家人，感恩最棒的自己。

不再束缚自己，做自身的优化者

作者汪春霞，两个孩子的母亲，慧财集团公司总经理。

一次偶然的机会，我走进了艾嘉老师的课堂，第一次课程的名字叫"爱家幸福"。

课程开始的时候，艾嘉老师讲到"系统"——我们每个人都是生活在系统中的，两个以及以上的人就组成了一个系统。比如，我们刚出生的时候，身后就有爸爸妈妈，或者前面有哥哥，姐姐等，大家组成了一个小家庭，这就是一个系统；我们工作后在一个单位里面，和老板，同事等也是一个系统；我们处在国家，社会中，也是其中的一分子，这是一个比较大的系统；再大一点，我们都是生在宇宙这个大系统里面……系统的规律是：它会持续地向前发展，而如果身在系统中的我们不去优化自己，将会成为系统的淘汰者。

那一刻，我的内心受到了震撼——我觉得身在宇宙系统中的我是特别渺小的，我的内心更增加了一份谦卑和臣服。同时我做出了一个重大的决定，就是以后我一定要做一个系统中的优化者！

参加学习的那时候，因为家庭、工作、育儿等一些事情，我内心的焦虑感特别严重，甚至还有一些强迫症，整个人的状态是异常地紧张、不安。可是，当我在心里种下那颗要做系统优化者的种子的时候，相对应的我的行为开始变得积极起来。比如，平时不在一些群里冒泡的我，也会在群里接龙、发言等，对于公司的运营板块，我也开始积极地参加线上线下的一些管理方面的课程以及购买相关的书籍来阅读等，还组织了几场公司内部的培训。

之前家里的先生常常就是指责我，说我是一个很懒的人，这个标签贴在我身上，虽然内心觉得有些委屈、郁闷，但是也不知道如何反驳。后来，艾嘉老师告诉我们说："懒"字，拆开来看，就是一个人的心被负面的情绪所困扰或者束缚住了。当时真的是恍然大悟，而当我看到了这一点的时候，那一刻的心情是放松的，艾嘉老师说："看见即疗愈。"我确实感同身受。

在后面的体验课中，通过催眠、冥想等活动，我觉得自己越来越放松，越来越喜悦。同时，我也学习到了原生家庭对自己的影响以及我们应该如何对一些不好的行为去按下停止按钮，还有情绪对人的影响，等等。

2022年6月我们还组织了自己公司的管理层小伙伴，学习了如何在工作中正确地对待自己和客户的情绪，小伙伴们用到实际的工作中，大家都多了一份对自身情绪的觉察，不再情绪化地去沟通，而是先解决自己的情绪再去沟通，懂得了这些情商沟通方法，客户的满意度也得到了很大的提升。

非常感谢艾嘉老师智慧的分享，带给我这些人生的成长和宝贵的体验。感恩生命中所有的遇见！

历练内心，完美蜕变

作者郑羽清，武汉美渡优品实业发展有限公司的创始人。

认识艾嘉老师是在6年前的一次"行走时尚"的徒步中，地址在汉口江滩。之前便对她久仰大名。那天，只见她穿着一身休闲装，黑色T恤配一条蓝色的牛仔裤，背着一个黑色的双肩包，步伐轻盈，一头短发看上去干净利落，又透出独特的魅力。而让我记忆最深刻的是那双有灵韵的眼睛。

第一次真正认识和走近她的时候是在2017年的一次企业年会上，她担任主持人，语言简洁，声音柔美，我当时深深地被她的个人魅力吸引，而那个时候我刚刚创业不久，怀着对她的敬佩和欣赏之情，那一刻我在心里种下了一颗种子：要和艾嘉近一点！

在创业路上，公司越往前走，越发觉困难重重，动力不足。在一次偶然的机会，我得知艾嘉的苔米学院，主要是进行关于家庭教育和心理健康教育的指导。其实这些年我也上过很多的课程，有段时间基本上每个月都要去北京，虽然不远千里，但是学到的都是些理论上的知识，实际上很难落地。

在朋友的推荐下，我抱着试试的心态走进了苔米学院，第一次发现上课也可以如此地放松。躺着听艾嘉老师讲关于情绪和身体的关联，平时忙碌的工作生活让我背负了太多的压力，在苔米学院放松的课程环境下，我好几次忍不住在课堂上睡着了。得到艾嘉老师的允许后，我真正地放松了自己，让内心开放，感受被治愈的感觉，那一刻我发现我有好久没有发自内心地笑了，也是在那一刻，我感受到了内心真实的喜悦。

除此之外，苔米学院的家排课，让我深深地理解家庭中的序位对生活和工作的影响，并且也明白人应该要有界限感，自己要明晰自己的身份和责任。在财富课上，我了解到自己和财富的关系，在现场去体验，去感受财富是通过流动产生价值的。我通过冥想打开自己的财富通道，让自己内在更富足、自信，勇敢地拥抱财富，分享财富，立己达人。

2021年在艾嘉老师的感召下，我有幸到湖北省六个城市进行演讲。对于天生上台就有恐惧症的我来说，是场天大的挑战，上台忘词，普通话发音不标准，思维跳跃太大……我发现一场下来全是问题和毛病。但艾嘉老师鼓励我说第一次上台都会紧张，多锻炼几次，身体自然地就放松了，紧张是因为你身体还处在自我保护状态。在这样一次次的鼓励下，我成功完成了六次演讲，每一次总结、调整之后，心态都会更好，更乐于去分享，我也在演讲中看到了不一样的自己，以及自身蜕变的过程。

苔米学院还有个经典的体验课是"青春飞扬"夏令营，艾嘉老师的夏令营除了住的环境好，饮食好外，也十分注重从人性出发，去关注每个青少年的心理健康。

青春无悔，无悔青春。这个课程用国内外短视频，游戏体验的形式,让青少年正确认知到性、爱及生命的价值。父母与孩子同修,同频,让家长和孩子的心更近,沟通更顺畅!我家宝贝上了两期,今年这期上完性格开朗了很多,也更愿意和我沟通,倾听能力也增强了很多,生活更积极主动。每个优秀的孩子都是鼓励和认可出来的,我们都应该做一个智慧的家长。

回忆每一幕都有着太多的感动,艾嘉老师不仅有智慧的头脑,更有一颗柔软的内心。"己所不欲勿施于人"是她经常对我说的,作为一个礼品人,一定要把好的优质产品呈现给你的客户,才能对得起"美渡优品"四个字。美渡优品——用美好优质的,有品位的礼品悦人度己,这也是艾嘉老师给予"美渡优品"的能量。

人生是一场修炼,在修炼路上我们会遇见非常多的人,每个遇见都是来让我们变得更好,如果没有更好,那是因为我们还没有做到更好。不断精进历练自己的内心,让内心更平静,更充盈,我们都是独一无二的存在,去打开自己内心的美好和喜悦。

感恩艾嘉老师及学院小伙伴们这么多年的陪伴和实践,让我不断地看到自己,不断成长和蜕变。

走进苔米，只为更好

作者吉燕燕，1975年生，两家服饰销售公司的负责人。

在2019年一场企业的年会上，我被艾嘉老师的演讲所吸引，了解到艾嘉老师所创办的苔米学院，走进了苔米学院的课堂。

在苔米学院的学习课程中，我懂得了生命的由来，懂得了沟通的重要性，懂得了在成长过程中，家庭教育给予一个人的独有人格和品质。艾嘉老师曾说"家长改变百分之一，孩子就会改变百分之九十九"，这也让我意识到家庭教育的重要性，并想帮助更多家庭建立良好的家庭关系。

现代家长的家庭教育目的性太强。有部分家长都希望自己的孩子将来能有出息，能够出人头地，可又不知道怎样引导孩子，教育孩子。大人忙工作、忙家务，只关心孩子学习好不好，身心健康很少过问。甚至很多家庭缺乏文明教育，家长们语言粗鲁、口无遮拦，即使在孩子面前，也是满嘴脏话、言语污秽，通过在苔米学院的学习，我收获颇多，自身得到了成长，心灵更加宁静，更加理性，更加能够看到事物的本质，理解了身边事物形成的道理。

在课堂上，艾嘉老师为大家分享了如何构建和谐的亲子关系以及夫妻关系,课堂生动有趣,理论知识结合穿插的互动,例如团体治疗,情绪释放冥想等,让我感受到了久违的放松。

因为自身感到受益颇深,我加盟了苔米学院,成立了汉川分院,专注于家庭教育和女性成长。

在以后的日子里,我希望自己不断学习,不断成长,让更多人,更多家庭受益。当家长懂得沟通的技巧,孩子懂得体谅与原谅他人时,我相信每个家庭都会更加幸福。

后记

《幸福密码》终于出版了。回忆写作出版的过程，感慨万千。

此刻，抬起酸疼的脖子看向办公室的窗外，阳光正好，回想书稿的酝酿、策划、写作、打磨、修改，直至书稿的完成、出版，心中有好多话要说。

首先，我要感谢出版社的信任和支持，成就了这样一本幸福的书。感谢著名作家董宏猷老师，湖北日报楚天地产集团总经理韦忠南，华中师范大学教育学院院长雷万鹏，百忙之中，为我的书分别写序，这是对我的莫大鼓励。感谢范晓兰姐姐对我默默且坚定的支持——"妹妹你大胆往前走。"相信念念不忘，终有回响，你也一定会走出一片新天地。

感谢参与"美丽人生"课程学习的学员朋友们，真诚认真写的读后感，我将这些宝贵的心得作为附录，与正文一起呈现在书稿之中。在此，我深表感谢。

我要深深地感谢于桂英、徐红、杨念荣、毕涛、周红梅、周楚红、陈小芬、曾淑琴、郑羽清对《幸福密码》的大力相助，是你们让这本书能够顺利出版。图书的出版是一个艰难的过程，从中我们收获了知识和幸福，当然也少不了辛酸。因为有你们的支持，让我有更大的信心完成这项传播幸福的使命；因为有你们的倩影，这本书增色不少，你们更为家庭教育事业做出了积极的贡献——更多的人向往幸福、提升了精神品质。也相信每一位拿到这本书的读者都能感受到他们对家庭教育的情怀与大爱。在此，我向这群有责任感又熠熠发光的企业家们致以深深的谢意！

我还要感谢苔米学院所有学员的鼓励和关注，感谢公司编辑团队的一路陪伴和帮助。能与大家为了这本书共同努力是我的荣幸，守得云开见月明，最终我们不负所望地结出了这份幸福满满的果实。

我还要感谢我的家人，尤其是我的先生，对我事业的全力支持。你们是我前进道路上最坚实的后盾，是我幸福的源泉，给我带来了爱与活力，让我更有热情和力量去完成自己的梦想。

最后，我要感谢这些年来与我互勉互励的诸位姐妹以及身边的所有朋友，相遇即是缘分，相识即是美好。感谢生命中有你们！是你们让我一路前行，一路幸福。

祝愿所有的师长朋友吉祥幸福！

祝愿所有的读者朋友能从书中找到属于自己的幸福密码，创造幸福！守护幸福！